AF449498

Camilla Monticelli

Come la notte il giorno verrà

Koi Press

Camilla Monticelli
Come la notte il giorno verrà

© Koi Press
Koi Press è un marchio editoriale di Openmind Srls
Via Volta 72, 20013 - Magenta (MI)
www.koipress.it

ISBN 978-88-98313-89-1
Progetto grafico: Koi Press
Immagine in copertina: pexels.com

Come la notte il giorno verrà

1

Il centro di Roma, col sopraggiungere dell'estate, è un caos di macchine, autobus, motorini e decine di turisti che si fermano ad ammirare e fotografare le meraviglie della Città Eterna.

Vera, da quando si è trasferita ad Anguillara Sabazia, sul Lago di Bracciano, non è più abituata a questa confusione veicolare. Procede, a bordo della sua Panda bordeaux, sul Lungotevere dei Tebaldi verso il ponte Principe Amedeo, con le dita tese, a stringere il volante.

I raggi del sole filtrano tra le foglie degli alberi che costeggiano la strada e si riflettono sui lunotti posteriori delle macchine che la precedono.

All'altezza di San Giovanni de' Fiorentini mette la freccia e svolta a destra per via Acciaioli. Lascia passare una coppia di orientali, probabilmente giapponesi, armati di macchine fotografiche, sulle strisce pedonali. I clacson alle sue spalle suonano. Vera arrossisce, ma nessuno la vede.

Quando i due turisti hanno attraversato la strada riparte. Le facciate dei palazzi di corso Vittorio Emanuele regalano tinte ceree e color aragosta. C'è caldo. Vera abbassa il finestrino e una ventata afosa le permea il viso e il collo. Goccioline di sudore le scendono dalla fronte.

Gira per una strada stretta che si apre su un dedalo di altre viuzze. Fa attenzione, cerca di non urtare i passanti e le automobili in sosta.

Davanti al Palazzo della Cancelleria trova uno spazio dove parcheggiare.

Scende dalla Panda. Apre il bagagliaio e prende una borsa sportiva rossa, abbastanza grande da contenere il necessario per starsene via da casa alcuni giorni. Gian Pucci, l'agente e amico di suo padre, quando le ha telefonato, le ha suggerito di portarsi dei maglioni pesanti. Ora, Vera, che cammina sotto il sole cocente verso Campo de' Fiori, trova assurdo quel consiglio.

Un senzatetto, seduto davanti al portone di una casa, allunga la mano e mormora qualcosa di incomprensibile. Vera tira dritto, inconsciamente spaventata. Il motore scarburato di una Vespa alle sue spalle la fa sobbalzare.

La piazza si apre, improvvisa, davanti a sé. L'attività del mercato di frutta e verdura è in pieno fermento. Gli aromi degli ortaggi si alzano dai bancali. Esposizioni naturali, colorate e vive, che sembrano quadri espressionisti.

Nonostante il clima arroventato e quel trambusto di corpi, grida e odori l'atmosfera è piacevole, popolare. A Vera piacerebbe che il funerale di suo padre si svolgesse a Roma, ma Gian Pucci le ha detto che è stato tutto organizzato per farle dormire all'*Albergo della Luna* una sola notte, per poi trasportarle in pulmino, l'indomani, a Cartore, un borgo sperduto alle porte della Riserva Naturale del Monte Velino, dove si celebrerà la funzione.

Vera si fa largo tra gli acquirenti e i venditori. Una volta giunta sull'altro lato di Campo de' Fiori, davanti al Cinema Farnese, prende una stradina angusta, tutta curve.

Si specchia nella vetrina di un negozio di scarpe. Osserva alcuni modelli. Sandali di cuoio con delicate cuciture laterali. La targhetta con il prezzo la fa arrossire. Il riflesso di se stessa, sul vetro, le mostra una donna giovane, con un ingombrante borsone rosso sulla spalla, i capelli in disordine e la postura goffa.

Distoglie lo sguardo.

Riprende a camminare. È nervosa, non vede le sorelle da quasi dieci anni. Nessuna delle loro madri ha avuto interesse a tenerle in contatto. Martin Coleman è un episodio della loro vita che hanno in tutti i modi cercato di cancellare dalla lavagna dei ricordi. Un errore del passato.

Vera non sa cosa aspettarsi. Si chiede se sarà all'altezza della situazione.

Alla fine della strada si apre uno spiazzo leggermente in salita. L'insegna "Albergo della Luna" è quasi nascosta dal rampicante verde che copre la facciata. Un gatto magro e spelacchiato corre a cercare rifugio in un bidone dell'immondizia, aperto, collocato di fianco a un ristorante.

Un tempo doveva essere un albergo di lusso, intimo, protetto dai flussi turistici, capace di donare ai suoi ospiti altolocati piacevoli momenti di relax ed estraniazione dal mondo, ma quel periodo è finito e l'*Albergo della Luna*, già dalla hall, si presenta vecchio e stantio, mai rinnovato. Un lieve ma pungente lezzo di muffa si spande nell'ambiente. La moquette rossa è pulita e usurata dal passaggio di centinaia di scarpe. I muri avrebbero bisogno di una tinteggiatura. Le stampe di Roma appese alle pareti sono ingiallite.

Il concierge, un uomo sui sessant'anni, attempato, i capelli bianchi e la pelle grinzosa e pallida, sta compilando qualcosa, armato di una penna Bic, piegato dietro al bancone.

Vera si siede su un divanetto di velluto, stinto, appoggia a terra il borsone e attende.

Guarda l'orologio che porta al polso senza memorizzare l'ora. Si sistema una ciocca di capelli dietro l'orecchio destro. Non ha idea di quando le sorelle arriveranno, forse sono già in albergo e riposano nelle loro stanze.

Aspetta che accada qualcosa, improvvisamente svuotata e con la spiacevole sensazione di essere fuori luogo.

Il concierge alza gli occhi e la vede. Le mostra un sorriso gentile. Nessuno dei due parla. Vera arrossisce, poi si alza e si avvicina al bancone.

— Buongiorno signora.

— Buongiorno.

— Posso esserle utile? Aspetta qualche ospite dell'albergo? Nel caso, se desidera, la faccio annunciare.

— No...

— Fa molto caldo, fuori, vero?

Vera annuisce.

— Gradisce una bevanda fresca?

— No, grazie. Ho una prenotazione a mio nome.

Il concierge mostra ancora il suo sorriso cordiale:

— Certo. Avrei dovuto capirlo, mi scusi. — Guarda il registro aperto. — A che nome, per favore?

— Colemanno.

L'uomo scorre la penna Bic sulle prenotazioni:

— Colemanno... ho quattro prenotazioni con questo cognome.

— Vera. Vera Colemanno.

Il concierge la osserva, affabile.

—Siamo quattro... sorelle. Il cognome è lo stesso.

— Capisco.

— Immagino di essere la prima.

— In verità, no. — L'uomo appoggia la penna sul registro. Sorride. — Non vorrei essere indiscreto, ma potrei farle una domanda?

— Prego...

— Mi permetto di chiederle se siete le figlie di Martin Coleman.

Vera annuisce fra un misto di vergogna e imbarazzo.

— Ho conosciuto suo padre, sa? Molto tempo fa. Lavoro qui da quasi quarant'anni. Una volta questo albergo ospitava una clientela molto famosa nel mondo del cinema e dello spettacolo. Martin... Martino veniva spesso quando si fermava a Roma. Allora avevamo anche un ristorante, nella sala attigua, e lui chiedeva sempre che gli preparassimo i bucatini con il tabasco, ha presente? Quella salsa piccante. È una stranezza che ha imparato ad apprezzare negli Stati Uniti, immagino. — Il concierge guarda Vera con occhi mesti e al contempo deferenti. — Suo padre era una brava persona. Lasciava sempre grosse mance a tutti. E che carisma! Era in grado di ammaliare tutti, qui in albergo... ma le sto parlando di un tempo in cui lei non era neanche nata. Era diverso, anche Roma lo era. Come vede i turisti adesso amano soggiornare in altre strutture, così come i vip, come li chiamano oggi.

Vera, a disagio, abbassa lo sguardo.

— Deve essere molto stanca, con questo caldo. — L'uomo si volta, stacca una chiave dalla rastrelliera e gliela porge. — Ecco, la stanza è la 302. Si trova al terzo piano. Purtroppo l'ascensore è rotto. Vorrà scusarmi se non l'accompagno, ma qui sono solo e non posso lasciare la postazione.

— Non si preoccupi.

— Le farà piacere sapere che sua sorella, Giulia, è arrivata un'ora fa e soggiorna nella stanza accanto alla sua. La 303. Le scale sono di là, a sinistra.

— Grazie.

Non c'è più nulla da aggiungere. Vera raccoglie il suo borsone e si incammina.

I gradini di legno scricchiolano sotto i suoi piedi. La moquette sistemata su tutta la rampa attutisce il fruscio, ma non il senso di disagio di Vera.

Quadri raffiguranti Campo de' Fiori a inizio secolo e arazzi sbiaditi conferiscono anche ai corridoi dei piani alti lo stesso aspetto decadente della hall.

Vera cammina velocemente, desiderosa di entrare in camera e cercare un momento di sua intimità per riprendersi dalla confusione emotiva che le sta salendo improvvisa.

Passa davanti alla stanza 303, dove il concierge le ha detto esserci sua sorella Giulia. Vera rallenta, alza impercettibilmente la mano, poi scuote la testa e prosegue.

302. Infila la chiave nella toppa, la gira ed entra.

È un ambiente anonimo. Un letto con un materasso molto alto con un copriletto color panna a fiori rosa, un comodino di formica con telefono, un ingombrante armadio di rovere a cinque ante e diversi cassetti, una seggiola, un mobiletto con sopra una televisione, una spessa tenda a coprire la finestra, la porta aperta sul bagno lindo, immacolato, con le piastrelle verdognole e la vasca usurata dal costante utilizzo.

Getta il borsone a terra. Lo apre e sistema un paio di camice sugli appendini nell'armadio, che odora di formalina, si leva le scarpe, accende la televisione e si distende a letto.

Sullo schermo scorrono le immagini di una televendita di pentole. Un uomo e una donna di mezza età mostrano padelle di acciaio inox e numeri telefonici scorrono in sovrimpressione.

Non ha voglia di cambiare e non ha voglia di alzarsi e spegnere.

Chiude gli occhi.

Sente salirle un forte senso di ansia. È nervosa ed emozionata: sua sorella Giulia è dietro al muro, alle sue spalle.

Ricorda un'estate di tanto tempo prima. Erano bambine. Si rincorrevano nel cortile della casa sul mare. Ignare di quello che loro padre aveva fatto. Inconsapevoli del dolore che quell'uomo aveva portato nella vita delle loro madri. Giulia, tra tutte, era sempre stata quella più simile a lei. Giocavano spesso insieme.

Si rincorrevano felici e, improvvisamente, sotto a un cespuglio marino, avevano trovato un uccellino caduto dal nido collocato sul pino che le sovrastava.

Vera aveva guardato quella creaturina indifesa senza sapere cosa fare. Giulia, invece, non si era persa d'animo. Aveva raccolto l'uccellino e lo teneva tra le mani chiuse a coppa, poi si era arrampicata sull'albero per riportarlo sul ramo dove c'era il piccolo ricovero di rametti e foglie. Vera le diceva di scendere, ma Giulia sentiva il bisogno di fare quel gesto buono. La necessità di riportare quel piccolo uccellino dalla sua mamma. Dargli una possibilità.

A cavalcioni del ramo cercava di sistemare il pulcino nel nido, la gonnellina di cotone che sventolava nella leggera brezza. Vera può vederla ancora adesso quella gonna, rossa, con i cuoricini bianchi, mentre Giulia, dall'alto le aveva dato della "fifona". Vera era arrossita. "Fosse per te morirebbe, fifona". Giulia le aveva sempre ricordato la sua indole timorosa.

Vera l'aveva vista arretrare verso il tronco del pino con aria compiaciuta e poi, d'improvviso, perdere la presa e cadere velocemente a terra, impattando sul terriccio e producendo un sinistro tonfo.

Il braccio destro le si era rotto all'altezza del gomito e loro padre, quel Martin Coleman che a breve sarebbero andate a omaggiare, loro malgrado, per l'ultimo saluto, era diventato una furia. Sbraitava come un indemoniato andando avanti e indietro per il cortile, fino a quando si era deciso a portare la figlia in ospedale.

Giulia era dovuta rimanere con il gesso per il resto delle vacanze estive. Imbronciata e delusa che nessuno comprendesse il suo gesto di altruismo e coraggio. Sua madre era passata a prenderla prima del dovuto.

Vera stringe i pugni: ricorda il senso di solitudine che aveva provato nel vederla andar via su quella Fiat 128 verde spinacio, seduta dietro, lo sguardo cupo e meditabondo.

— Il mondo dello spettacolo è in lutto per la morte, improvvisa, di Martin Coleman. Uno dei primi attori italiani ad aver vinto il Premio Oscar negli anni Cinquanta e che...

Vera apre gli occhi e alza lo sguardo. In televisione non c'è più la vendita di pentole: è stata sostituita da un notiziario locale. Il conduttore, un uomo con i baffi spessi e una giacca color salmone, sta leggendo dei fogli che tiene tra le mani. È in un anonimo studio televisivo:

— Martin Coleman aveva sessantanove anni. Molti spettatori lo ricorderanno per la sua partecipazione a grandi colossal e per il grande impegno dato alla valorizzazione della nostra cinematografia.

L'immagine del conduttore ha lasciato spazio a spezzoni di vecchi film. Vera vede suo padre giovane, l'espressione contrita del grande attore. Lo vede su un porto di una città francese a braccetto con una donna bellissima. Vestito da militare. In fuga tra i vicoli di Roma. Durante la premiazione dell'Oscar vinto come migliore attore protagonista.

Cerca di provare tenerezza verso quell'uomo, ma non ci riesce.

Squilla il telefono.

Vera sussulta. Si alza di scatto e abbassa il volume della televisione, mentre sullo schermo è tornato il mezzo busto un po' rozzo del conduttore baffuto.

Alza la cornetta:

— Sì? Pronto?

— Ciao Vera, sono Giulia. - Quella voce gentile, fragile, ma al contempo risoluta.

— Ciao...

— Avevo chiesto al concierge di avvisarmi quando foste arrivate, tu e le altre.

— ...

— Ti va di bere un tè, insieme, giù nella hall tra dieci minuti?

— Sì.

— Bene. A tra poco.

2

Vera ha il cuore che batte per l'emozione. Si è lavata velocemente e indossato un vestito leggero, a fiori. Ha sentito il bisogno di rendersi presentabile per l'incontro con la sorella. Non vede Giulia da dieci anni. Non sa nulla di lei, di cosa ha fatto, di dove viva ora, ma è contenta di vederla. È come se una parte di lei riannodasse i fili con un passato troppe volte nebuloso nei suoi ricordi.

Scende le scale e quando arriva nella hall la vede subito. È seduta sullo stesso divanetto di velluto stinto sul quale si era seduta lei appena giunta all'albergo.

I capelli biondi sono lunghi e lisci, a frangetta, raccolti in un'ordinata coda che le ricade dietro la schiena. È vestita in modo comodo, una camicetta di cotone bianca, dei pantaloni chiari di lino e sandali senza tacco. Il trucco è appena accennato.

Quando la vede si alza e Vera nota che i fianchi le si sono allargati, è un po' appesantita, ma il viso è quello rilassato e gentile di quando era più giovane, forse troppo maturo per una donna di ventisette anni.

Non parlano. C'è imbarazzo nell'aria. Il concierge è al suo posto, lo sguardo basso, concentrato su fogli e registri.

Vera resta in piedi, senza sapere come comportarsi. Si porta una mano ai capelli e scosta una ciocca dietro l'orecchio.

È un'inedita e inconsueta situazione di stallo. Non sa come affrontarla.

Poi Giulia fa un passo in avanti e allarga le braccia:

— Dai, abbracciami, fifona. — Sulle labbra le compare un sorriso rassicurante e protettivo.

Vera le si avvicina.

L'abbraccio è avvolgente. Vera sente in quella morbidezza un'accoglienza a lei nuova. Un calore familiare lontano, sopito dal tempo. Un calore spontaneo, strano per lei, abituata alla freddezza e al distacco di sua madre e delle poche persone che frequenta.

— Ti trovo bene — dice Giulia, staccandosi dal contatto con la sorella e ammirandola, tenendole le mani.

— Anche io... cioè, voglio dire, tu sei bella.

Giulia sorride e si volge verso il concierge:

— Mi scusi, potremmo avere un tè, per favore?

L'uomo alza lo sguardo, sorride in modo affabile:

— Subito, signora. Vado in cucina a prepararvelo.

Appena questi scompare Giulia invita Vera a sedersi accanto a lei sul divanetto:

— Allora? Dove abiti adesso?

— Ad Anguillara Sabazia.

— Eh?

Vera arrossisce, le sembra di aver detto qualcosa di sbagliato.

— È sul Lago di Bracciano, giusto?

— Sì. Ci siamo trasferite, mia madre e io, sette anni fa. Mamma ha trovato un nuovo compagno che lavora e vive lì.

— Verrai a Roma spesso, immagino.

— In verità no. Non mi sposto molto...

Giulia le prende la mano. Ancora quel calore, quel sorriso rassicurante:

— Raccontami un po' di te. Che hai fatto in questi dieci anni?

Vera tergiversa:

— Ecco, non c'è molto da dire. Ci siamo trasferite lì da Roma. Da un paio di anni vivo da sola. Ho un lavoro come segretaria in una ditta di cosmetici... è un'occupazione precaria, niente di che...

— Non ti sei sposata?

Vera arrossisce, rimane sul vago:

— Ho una relazione... tu invece? Abiti ancora a Firenze?

Giulia prende la sua borsetta, appoggiata sul bordo del divano, ne estrae una fotografia e la porge a Vera. Sono ritratti tre bambini biondi e molto belli che guardano in camera con facce furbe e candide.

— Quello più grande è Matteo, ha sei anni, andrà in prima elementare quest'anno. Quello a sinistra è Diego, che ha quattro anni e mezzo e l'altro è Simone. Ne ha appena compiuti tre. — Giulia tira fuori un'altra istantanea.

Un uomo sui trentacinque anni, in giacca e cravatta, lo sguardo severo e inflessibile è a braccetto di Giulia, l'espressione stanca ma apparentemente felice. — Mio marito, Nicola. Viviamo a Bologna.

— Non deve essere facile con tre bambini così piccoli... — dice Vera osservando le fotografie.

— No, non lo è. — Giulia sorride. — Finché non lo diventi non puoi capire le difficoltà quotidiane di essere genitore. Pannolini sporchi, pappe da preparare, corse per portarli all'asilo in tempo, visite dal pediatra, capricci... l'attenzione costante di cui necessitano. Ma li adoro, e adoro essere madre. Quando mi guardano. Quando giocano con me. Mi stupiscono continuamente e mettono in luce aspetti di me stessa che non avrei mai pensato di possedere: la caparbietà, la forza, l'ironia, l'amore incondizionato. Non potrei più fare a meno di quello che mi sono costruita.

Quello che agli occhi di Vera sembra un incubo a occhi aperti, attraverso le parole di Giulia assume un'aura positiva, un valore supremo, un significato superiore.

— Sono contenta per te. Davvero. E i tuoi figli sono veramente molto belli — dice, ridandole le fotografie.

— Sono tre pesti, in verità, ma li amo.

Il concierge giunge con un vassoio dove sono appoggiate due tazze, una zuccheriera, una teiera bollente e dei biscotti al burro su un piattino di ceramica. Con fare cerimonioso appoggia il tutto sul tavolino a lato del divano e torna dietro al bancone.

— Quanti? — chiede Giulia indicando a Vera la zuccheriera.

— Un cucchiaino, grazie. — La osserva riempire le tazze e mescolare delicatamente la bevanda, senza sapere cosa dire.

— Una signora mi aiuta in casa, tutti i pomeriggi — aggiunge Giulia. — Sono rimasta incinta di Matteo al secondo anno di Psicologia. Ho pensato che avrei potuto riprendere gli studi appena lui avesse compiuto due o tre anni, ma poi sono arrivati Diego e Simone e ho rinunciato a diventare l'ennesima consulente emotiva per persone sole e mi sono dedicata al mestiere di madre.

— Capisco...

Giulia porge a Vera la tazza:

— Attenta, scotta. Non mi pento, mio marito si è affermato professionalmente per tutti e due. È il direttore di una banca molto importante.

Cala di nuovo il silenzio, stemperato solamente dall'impercettibile risucchio del tè sorseggiato e dai biscotti intinti nella tazza.

Poi Giulia si fa seria:

— Tu l'hai più visto da quell'ultima estate nella casa al mare?

Vera tiene la tazza con due mani, sembra osservare con molta attenzione il contenuto:

— No, e tu?

— Nemmeno io. Credo che se non fosse stato per le sporadiche apparizioni che ha fatto in televisione probabilmente avrei fatto fatica a riconoscerlo per strada. — Lo sguardo di Giulia trasmette un senso di dispiacere che non ha niente a che vedere, pensa Vera, con la morte di Martin Coleman, ma con quel senso di abbandono che prova anche lei: la tremenda sensazione di non aver mai avuto un vero padre, qualcuno che si occupasse di lei. Che la accogliesse a casa quando tornava da scuola. Qualcuno che non fosse Martin Coleman, il grande attore caduto in disgrazia.

La porta rotonda della hall si apre ed entra una donna biondissima, dai tratti regolari, molto bella, su tacchi alti. Indossa un vestito corto e aderente, rosso fuoco, che mette in mostra le sue generose e scultoree forme. Si trascina dietro una valigia raffinata di cuoio con una maniglia estraibile e due rotelle. Porta degli occhiali da sole con le lenti oscurate che le nascondono completamente lo sguardo.

— Carlotta… — sussurra Vera.

— Charlotte, vorrai dire — commenta ironica Giulia, donando alla sorella un sorriso complice.

3

Carlotta cammina impettita e altezzosa verso il divanetto. Vera ricorda di avere visto diverse sue fotografie su riviste scandalistiche l'ultima volta che è andata dal parrucchiere. La ritraevano in costume da bagno sul bordo di una piscina. Ricorda di aver letto nelle didascalie sotto gli scatti, che parlavano di lei come l'ultima fiamma di 'un calciatore della serie A e di diverse sue comparsate in sceneggiati televisivi pomeridiani. Le era anche capitato, in passato, quando entrambe erano ancora più giovani e solo da qualche anno non si frequentavano più, di aver ammirato il suo fisico statuario in uno spot commerciale di una crema abbronzante.

Carlotta trascina la sua elegante e moderna valigia davanti al bancone. Il concierge le sorride, ma lei si è già voltata e raggiunge, picchettando i suoi tacchi vertiginosi sulla moquette scolorita, il divanetto. Ha un'espressione seria. La bocca carnosa chiusa in una smorfia annoiata.

— Ciao Carlotta — dice Giulia, ma senza alzarsi, e senza allargare le braccia per stringerla.

Vera scuote la mano in segno di saluto.

Carlotta, si sfila gli occhiali. I suoi grandi occhi da cerbiatta sono truccati:

— Ciao… — dice, imbarazzata. Tutta la sua spavalderia e il suo muro di sicurezza sembrano essersi sfaldati.

— Da dove arrivi? — le chiede Giulia.

— Udine…

— Caspita, un bel viaggio.

— Non parlarmene, sono distrutta. — Carlotta si porta teatralmente una mano alla fronte e si asciuga una pelle totalmente assente da macchie di sudore.

— Forse è meglio se ora vai a riposare un po' — dice Giulia. — C'è un ristorante qui di fronte. L'ho visto prima, giungendo in albergo. Ti va di unirti a noi per cena? — Giulia cerca, con lo sguardo, l'approvazione di Vera, che annuisce.

— Non lo so... penso di sì... sono molto stanca, il viaggio mi ha stremato… — risponde Carlotta, in imbarazzo.

— Come credi. Noi andiamo al ristorante alle otto. È a due passi. Ci trovi lì. Se vuoi unirti ci fa piacere.

— Va bene, grazie. — Senza aggiungere altro Carlotta si volta e torna al bancone, dando loro le spalle.

Giulia accarezza il braccio di Vera:

— Ora manca solo Sara. Mio marito mi ha detto che la sua famiglia materna commercia con l'Asia.

Vera annuisce e osserva l'attempato concierge lasciare la sua postazione, prendere la valigia di Carlotta e farle strada lungo il corridoio.

— Visto? — domanda Giulia, sorridendo. — Il potere del fondoschiena funziona sempre. — Guarda l'orologio che porta al polso. — È meglio se salgo anch'io in camera: devo chiamare la tata e vedere se a casa va tutto bene. È la prima volta che rimane da sola con i bambini. — Si alza. — Ci vediamo qui dieci minuti alle otto?

— Sì.

Giulia vede passare una donna con un grembiule bianco, probabilmente un'inserviente e le chiede se può lasciar detto al concierge di riferire a Sara, la sorella mancante a quell'obbligata rimpatriata, dovesse arrivare, che potrà trovarle al ristorante di fronte dalle otto.

La donna annuisce e si appoggia al bancone per scrivere il messaggio su un foglio di carta.

Giulia scompare nel corridoio che porta alle scale.

Vera resta nella hall, non ha nessuno da chiamare, o meglio vorrebbe chiamare lui, ma non può. A quest'ora, riflette, sarà già a casa con sua moglie e i suoi figli. Forse ad aiutarli a fare i compiti o a guardare, con loro, qualche cartone animato in televisione. Oppure seduto in cucina a tranquillizzare la moglie che i soldi per l'apparecchio di Chiara se li farà dare dal padre e che per domenica, il giorno del settimo compleanno di Enrico, ha preso i biglietti per andare a vedere la Roma, la sua squadra preferita. O sarà già partito per la sua trasferta di lavoro...

Si riempie la tazza di tè guardandosi in giro. Non se n'era accorta ma ora, nella hall, ci sono altri ospiti. Una coppia di settantenni, probabilmente turisti nordici, seduti su due poltroncine stinte che rimangono lì, senza parlarsi, come in attesa di qualcuno che li porti fuori a scoprire le bellezze millenarie di Roma. C'è un uomo in completo beige, con la pelle del collo puntellata di macchie gialle e granelli di forfora sulle spalle imbottite della giacca, che legge *Il Messaggero* tamburellando silenziosamente il piede a terra.

Vera sospira. Tutto le appare decadente e senza senso. Si sente di nuovo persa, spaesata, fuori posto. Come spesso le accade, da sempre.

Prende una rivista dal tavolino di fianco al divanetto e la sfoglia distrattamente fino a quando non si imbatte in una fotografia di suo padre. Indossa una specie di costume da bagno nero e alle sue spalle ci sono alberi lussureggianti. "Martin Coleman durante le riprese di *Tarzan, il signore della giungla* (1950)." Vera punta il dito sulla prima colonna dell'articolo. "È iniziata quasi per caso la carriera di Martin Coleman, l'artista recentemente scomparso. Prima dell'Oscar come miglior attore protagonista per la sua interpretazione del pescatore-eroe Mario Pappalardo nel colossal italo-americano *Come la notte il giorno verrà* (1959), Coleman aveva già girato numerosi lungometraggi di successo. Ma la sua carriera ha preso il via fortuitamente. Emigrato a Roma da Porto Ercole dopo il secondo conflitto mondiale in cerca di lavoro, lo ha trovato come attrezzista nei set di Cinecittà. Quando Gaetano Luigini si è infortunato durante le riprese di *Tarzan, il signore della giungla*, il regista Emilio Occhipinti ha pensato che quel ragazzo alto e muscoloso, dai tipici tratti mediterranei, potesse sostituire il protagonista della pellicola. Un incidente su un set ha dato il via a una delle carriere cinematografiche più importanti..."

— Mi scusi.

Vera interrompe la lettura e alza lo sguardo.

Il concierge, tornato nella hall, le sorride, le mani in grembo, la faccia ossequiosa:

— Posso portare via la teiera? Gradisce altri biscotti?

Lei arrossisce, senza motivo. Rimette il giornale sul tavolino:

— No, la ringrazio. Torno in camera. — Si alza frettolosamente, si immette nel corridoio e sale le scale.

Passando di fianco alla stanza di Giulia la sente parlare al telefono. Ha un tono di voce alto. Rassicurante e materno. Sta sicuramente dialogando con qualcuno dei suoi figli. Forse il più grande, Diego, pensa Vera. O si chiama Matteo? Si sente sciocca per non ricordare una cosa così importante come il nome del figlio di sua sorella. Realizza, assurdamente, che è zia e non lo sapeva nemmeno.

Entra in camera.

È molto stanca.

Si leva le scarpe e si distende sul materasso.

Chiude gli occhi e lascia vagare la fantasia. I ricordi.

L'immagine di Carlotta prende forma nella sua testa. Era nella sala da pranzo della grande casa al mare. Davanti a Vera, Sara e Giulia, sedute sul divano. Si era messa le scarpe con i tacchi alti della nuova fidanzata di Martin, un'attrice molto giovane che non sopportava le figlie del compagno e che passava tutto il suo tempo a prendere il sole, nuda, su una sedia sdraio sulla spiaggia privata.

Carlotta si era anche truccata, volgarmente ed eccessivamente per una bambina di dieci anni, e si era infilata una tunica bianca che le cadeva lunga sulle gambe.

Si sentiva come una stella della televisione e si atteggiava con movimenti da adulta, ammiccando e canticchiando *Felicità-ta-ta*, la canzone di apertura dell'edizione di *Canzonissima* dell'autunno precedente, cantata da Raffaella Carrà. Imitava le mosse della celebre showgirl mentre le sue sorelle la guardavano tra l'imbarazzato e il divertito.

Vera ricorda altri momenti in cui l'ego di Carlotta era esploso precocemente. Rammenta di quando, qualche anno dopo, passava il tempo a descrivere, nei dettagli, la vita piena di successi che l'attendeva. Esponeva, con dovizia di particolari, le tappe della sua futura carriera di attrice e soubrette, le ville e le case a Parigi, New York, Londra. Un'esistenza luminosa, predestinata a essere sempre davanti al flash delle macchine fotografiche. "Charlotte, un sorriso, per favore!". "Charlotte, sei bellissima!".

Giulia e Vera la guardavano ammaliate, era così diversa da loro, così sicura e bella. Durante le feste che Martin organizzava continuamente c'era sempre una schiera di ammiratori a seguirla dappertutto. Figli di attori, politici, uomini di spettacolo, musicisti. La attorniavano come un'ape regina. La riempivano di attenzioni, sorrisi, gentilezze, lusinghe.

Vera ricorda che Carlotta faceva la gatta morta anche con loro padre. Lo chiamava "Papi", con quella sua voce innocente e al contempo calda, in quel suo modo capriccioso per ottenere dei privilegi e dei regali.

Martin spesso la assecondava, forse perché rivedeva in lei qualcuna delle sue caratteristiche, e Carlotta, dopo aver ottenuto quello che voleva, passava in rassegna, quasi come si fosse trattata di una sfilata di moda, davanti alle sorelle, guardandole con un'aria di sfida e vittoria. "Sfigate" sillabava con le labbra, in silenzio, senza farsi vedere dal padre o dagli altri adulti presenti.

Fra tutte era quella che aveva baciato per prima un ragazzino. Era successo nel garage della villa, durante una festa. Il figlio di un regista molto famoso. E quando, più tardi, aveva raggiunto le sorelle, aveva raccontato tutto nei dettagli. Anche che aveva toccato il sesso di quel giovane. Lo aveva detto come una cosa normale. Dovuta. E aveva solo tredici anni.

Le aveva sempre trattate come semplici comparse, guardate dall'alto verso il basso, con un'espressione di superbia. Atteggiamenti che, Vera ne era sicura, aveva preso dalla madre, un'attrice mancata e frustrata, una meteora del firmamento dello spettacolo. Caduta in disgrazia dopo qualche apparizione secondaria in commediole sexy dei primi anni Settanta.

Due colpi decisi alla porta destano Vera dai suoi pensieri.

Si rende conto che era entrata in una fase di dormiveglia.

Guarda l'orologio. Le lancette sono sulle otto.

Si alza, si infila le scarpe e va ad aprire.

Giulia, con la giacca ripiegata sul braccio e una faccia riposata e serena le sorride:

— Sei pronta, fifona?

4

Vera e Giulia entrano nel ristorante.

È un ambiente informale, molto caratteristico. Le pareti pieni di quadri della romanità, scorci della città, personalità celebri, gagliardetti della Roma. Sulle mensole bottiglie di vino.

I tavoli sono quasi tutti pieni e il cameriere le fa accomodare in un tavolo da quattro vicino al bancone del bar, in una posizione abbastanza appartata.

Mentre si siedono consegna loro i menù e si defila a servire altri clienti.

Vera apre il suo menù e inizia a leggere.

— Non credo che si unirà — dice Giulia.

— Come?

— Carlotta, non credo che ci raggiungerà.

— Forse si farà attendere. Lo sai, è sempre stata un po' diva…

— Già. Probabilmente hai ragione tu. Chissà, magari c'è rimasta davvero male per la storia del fidanzato.

Vera guarda la sorella senza capire.

— Non ti capita mai di leggere i giornali scandalistici?

Vera arrossisce.

— Dai, sto scherzando. Carlotta ha fatto parlare di sé, ultimamente, per essersi messa con Rudy Comini, il giocatore di calcio. Uno che ha fatto più successo fuori dal campo di gioco, tra feste ed eccessi, che come sportivo. Ho letto che tra loro le cose non vanno più bene.

— Non lo sapevo.

— Credo che per lei sia una specie di ultimo appiglio.

— Carlotta è ancora giovane.

— Non per quello che è riuscita a fare nel mondo che tanto osannava. Non voglio sembrarti dura, ma nessuno vuole una modella di quasi ventotto anni. Carlotta non sa fare altro, ormai non lavora quasi più. Qualche pubblicità in televisioni locali, qualche comparsa in filmetti di serie B... ma è orgogliosa.

Vera annuisce.

Giulia le prende una mano sopra al tavolo e le sorride in quel suo modo materno e rassicurante:

— Ma tu invece?

Vera rimane zitta e abbassa lo sguardo, a disagio.

— Non mi hai raccontato nulla del tuo fidanzato, parlami di lui. Vi sposate?

Vera sgrana gli occhi e arrossisce.

Giulia ride a fior di labbra, in modo complice. In attesa.

Poi giunge una voce profonda con un forte accento milanese:

— Signore e signori, ecco le Colemanno in tutto il loro splendore.

Si voltano e si trovano davanti Sara.

È una donna alta poco più di un metro e sessanta. Porta i capelli corti che le incorniciano la parte superiore di una testa tonda dalla carnagione pallida. Occhi, naso e bocca sono molto piccoli. Ha una corporatura mascolina e veste in modo poco femminile: una giacca di cotone beige con le spalle imbottite, pantaloni neri larghi.

Non è mai stata longilinea, ma Vera la trova appesantita. Lei e Giulia stanno per alzarsi, ma Sara allunga una mano per bloccarle:

— State comode, sorelle. — E si esibisce in una risata sganasciata e scomposta.

Si accomoda in modo irruento e le guarda, prima una e poi l'altra.

— E la bionda dove l'avete lasciata? — chiede, alzando lo sguardo al soffitto.

— Era molto stanca. È arrivata da Udine. Ha detto che forse si unirà a noi più tardi — risponde Vera, titubante.

— Sì, certo, come no... la vip! — commenta Sara con tono infastidito, lasciando intendere che tra loro non corre buon sangue. — Avete già ordinato?

— No, siamo arrivate da poco — dice Giulia.

— Bene! Ho fame! — Sara prende il menù e inizia a consultarlo. — Ho avuto una giornata di merda. Questa mattina mi sono alzata all'alba per presiedere a una riunione con dei nuovi investitori cinesi. Incredibile, vero? Erano comunisti fino all'altro ieri e adesso smaniano per aprire collaborazioni con gli imprenditori capitalisti. Hanno capito dove stanno i *danè*... ma non è finita qui. A Linate, all'imbarco, c'era una fila lunghissima. Davanti a me c'era 'sto borgattaro che puzzava di ricotta stagionata. A Fiumicino il bagaglio tardava ad arrivare. Sono andata all'ufficio preposto e nessuno sapeva nulla. *Zarri* disumani da 'ste parti. Fosse per me dovrebbero dividere l'Italia, o trasformare Milano in città-Stato. Lassù sì che le cose funzionano. Fortuna che poi la valigia è saltata fuori.

Giulia e Vera ascoltano quel flusso di parole senza sapere cosa controbattere.

— Non vorrei toccare il tasto dolente dell'albergo, però... certo che il Pucci ci poteva anche sistemare un po' meglio, l'albergo puzza di muffa. Pensavo che il portiere fosse imbalsamato e facesse parte dell'arredamento... ah, guarda, fanno i bucatini all'amatriciana. Speriamo che 'sti terroni li preparino come si deve. Vediamo in che postaccio mi avete invitato a cena dopo tutti questi anni. — Sara è un fiume che travolge, la lingua non ha freno.

Il cameriere si accosta al tavolo, il blocchetto e la penna in mano, pronto a scrivere le ordinazioni.

Optano per una serie di antipasti della casa, bucatini all'amatriciana e una bottiglia di Cerveteri rosso.

Mentre il cameriere sta per andarsene verso la cucina, Sara lo ferma e gli ordina anche un piatto di abbacchio e dei maritozzi con la panna.

Sara guarda Vera rannicchiata sulla sedia in posizione quasi fetale:

— Ma ti fanno mangiare a casa?

Vera arrossisce:

— Sì, sì... mangio...

— Sei così gracilina. Stai attenta perché quando una donna dimagrisce troppo la prima cosa che perde sono le tette... ammesso che tu le abbia mai avute. — Ride sguaiatamente. Qualche avventore degli altri tavoli si volta a osservarla per poi riprendere a cenare.

Il cameriere torna con la bottiglia di vino.

— Ci penso io. Versa qua — gli ordina Sara.

Lui versa un sorso nel suo bicchiere e aspetta.

Sara si passa il liquido da una parte all'altra della bocca. Gonfia le labbra. Sembra che stia facendo un gargarismo. Poi si volge al cameriere:

— Fa schifo. Sa di tappo. Portane un'altra.

— Subito, signora.

Vera si sente a disagio. Sara è sempre stata così, spocchiosa, cinica, sicura di sé, ma dopo dieci anni che non si vedono non è più abituata a quell'irruenza senza freni.

Giulia, invece, sembra non farci caso. Le sorride:

— Parlaci un po' di te.

— Come vuoi... aspetta un attimo però.

Il cameriere, con la faccia mesta, è tornato con un'altra bottiglia.

Si ripete il rito dell'assaggio.

Fortunatamente Sara questa volta dà l'ok.

I bicchieri vengono riempiti.

— Vogliamo fare un brindisi a Martin, la buonanima? — chiede Sara.

— Facciamolo a noi — propone Giulia.

Brindano.

— Vi stavo dicendo... sì, la mia vita. Mio nonno è andato in pensione qualche anno fa. Ero all'ultimo anno di Economia, alla Bocconi, e mi sono trovata a fare l'amministratore delegato. Poi mi sono laureata e ho preso in mano l'azienda. Facciamo import-export con molti paesi asiatici: la Thailandia, l'India, l'Indonesia... ultimamente anche i cinesi. Giocattoli, utensili per il bagno, elettrodomestici. Tonnellate di porcherie di plastica che mi fruttano milioni di lire e... — Sembra ricordarsi di qualcosa. Si gratta il naso. Beve un sorso di vino. — Scusatemi, devo fare una telefonata a Milano. Ho un container fermo a Dubai. Migliaia di paperelle di plastica che devono partire in fretta. Arrivo subito. — Si alza pesantemente e si allontana in cerca di un telefono.

Giulia scoppia a ridere e alza il sopracciglio, divertita. Vera sorride timidamente.

Il cameriere porta in tavola gli antipasti.

Loro attendono che Sara torni commentando l'aspetto succulento di crostini con le alici, panzarotti, supplì e fiori di zucca fritti.

— Maledetti doganieri, ogni giorno più cari. — Sara è tornata, il viso arrossato. — Ladri beduini. E quell'imbecille che cura la cosa, su a Milano, è un emerito cerebroleso. Ah, vedo che è arrivata la pappa. — Si siede e senza farsi scrupolo inizia a riempirsi il piatto.

Mangiano, bevono e parlano del più e del meno. Si raccontano le proprie vite in modo generico.

Passano i minuti, le ore. Il ristorante si svuota, restano solo loro.

I camerieri stanno rassettando il locale. Sara, da sola, si è scolata quasi tutta la bottiglia di vino:

— Vi ricordate di quella volta che la bionda si è fatta beccare da Martin mentre si faceva tastare le gambe dal figlio del giardiniere? Come si era incazzato quella volta. Ve lo ricordate?

— Sì, mi ricordo — dice Giulia, sbadigliando. — Scusate, inizio a essere un po' stanca.

— Che scena — prosegue Sara, incurante. — Girava per la villa a petto nudo impugnando il tridente per raccogliere le foglie. Sembrava Poseidone pronto a trafiggere quel poveretto. E lei?

— Se n'è andata via scocciata e offesa per la mancanza di stile di Martin — conclude Giulia.

— Non me lo ricordo — dice Vera.

— È stato l'anno che ti sei presa il morbillo e lui ti ha messa in quarantena nella dépendance — dice Sara. — Martin... manco voleva che lo chiamassimo "papà". Lo faceva sentire vecchio. E adesso tutte qui a commemorarlo...

— Scusate. — Il proprietario, un ometto dalla pelle scura in camicia blu e pantaloni neri si è avvicinato al loro tavolo. — Dovremmo chiudere.

Giulia e Vera fanno il gesto di prendere il portafogli, ma Sara le ferma con un risoluto gesto della mano. Tira fuori il suo, un portafogli molto maschile, dalla tasca interna della giacca, e ne estrae una carta di credito e un bigliettino:

— Fatturina, grazie. E sconticino.

— Certo, signora. Torno subito. — L'uomo si allontana.

— Tranquille, metto in nota spesa — dice Sara, alzandosi.

Fuori dal ristorante, sbrigata la pratica del pagamento, si fermano un altro po' a chiacchierare del più e del meno. Sara si accende una sigaretta.

Vera vede, dall'altra parte della strada, Carlotta che esce dall'albergo e si dirige verso l'accesso al vicolo dove è parcheggiata una berlina. È vestita elegantemente: un vestito corto rosato e tacchi molto alti.

Lo sportello posteriore della macchina si è aperto e un uomo, in completo nero è sceso e la bacia sulla guancia. Poi si abbracciano.

Prima di salire con lui Carlotta vede le sue tre sorelle ferme davanti all'entrata del ristorante.

Solo Vera l'ha notata, Giulia e Sara sono di spalle.

La berlina scompare dietro al muro del vicolo, silenziosamente, il motore al minimo.

Quando Sara finisce la sigaretta attraversano la piazzola ed entrano nell'albergo.

— L'autista ci passa a prendere alle otto e trenta domani mattina — ricorda Giulia prima di entrare nella sua stanza.

Sara alza due dita in segno di saluto aprendo la porta e senza guardarle.

È un po' alticcia, pensa Vera chiudendo la porta dietro di sé.

Trova che la situazione sia surreale.

La serata glielo ha confermato inequivocabilmente.

È insieme alle sorellastre, che non vede da più di dieci anni e da un lato è come se il tempo non fosse passato, pregi e difetti di ognuna di loro sono gli stessi, forse più accentuati, ma dall'altro essere lì per andare al funerale di un uomo che non ha mai nemmeno voluto lo chiamassero "papà", e che le ha ignorate per tutto quel tempo, la scombussola.

È stanca e in qualche modo contenta, e per questo si sente in colpa. Sa che dovrebbe sentirsi triste per la perdita di Martin Coleman, ma non ci riesce. Sì, quell'uomo ha dato il cognome a tutte e quattro quando avrebbe potuto mettere a tacere la faccenda: mettere incinte quattro donne diverse in meno di un anno era stata un'impresa assurda e folle. Non era sposato con nessuna di esse e aveva accettato le figlie. Aveva permesso loro di frequentare la sua villa al mare durante le vacanze estive ma poi era scomparso. Oltre dieci anni che si era dileguato. Finito il successo, finito il vago impegno di essere un padre, anche se sui generis.

Vera accende la televisione più per avere compagnia mentre si lava i denti e la faccia che per un reale desiderio di vedere qualcosa.

In uno studio televisivo di una rete locale ci sono tre uomini seduti su sgabelli che discutono sobriamente.

Entra in bagno. Apre il tubetto del dentifricio.

— Martin Coleman era un mito — proclama una voce ferrosa.

Vera torna in stanza e si mette davanti alla televisione.

— Ha segnato un'epoca d'oro del cinema... — sta dicendo l'uomo a sinistra.

— Lo ammetto, ma vogliamo parlare degli ultimi anni della sua carriera? Un insuccesso dopo l'altro, continui problemi con la giustizia. Ha rovinato con le sue stesse mani tutto ciò che di grandioso aveva creato — dice l'uomo a destra.

— Beh possiamo dire che la storia di aver avuto quattro figlie da quattro donne diverse nello stesso periodo è esemplare di come Coleman si sia trasformato da un attore di successo a un *latin lover* un po' malandrino — dice l'uomo al centro, con un sorriso mellifluo. — Questa sua immagine gli ha impedito, nel tempo, di avere parti importanti nei film sia italiani che americani.

— Ma vogliamo ricordarlo per il chiacchiericcio prodotto dalla stampa scandalistica o per le sue straordinarie interpretazioni in *Come la notte il giorno verrà*? *L'uomo di domani*? *Cascate di diamanti*? — domanda l'uomo di sinistra.

— Sarà. Io ricordo l'aggressione a quel fotografo che gli è costata una condanna penale. Lo ha quasi ammazzato di botte — incalza l'uomo di destra.

— Quello è stato il colpo di grazia alla sua carriera — sentenzia l'uomo al centro, un cinquantenne flaccido, con occhiali dalla montatura spessa e lenti ingiallite.

Parte una pubblicità di un'autoconcessionaria.

Vera, d'istinto, spegne la televisione.

Ha gli occhi lucidi.

Prende la borsetta e ne estrae un bigliettino.

Si siede sul bordo del letto, prende il telefono e compone il numero, stando attenta a non sbagliare la sequenza.

Dopo qualche attimo di attesa risponde una voce pacata:

— Hotel Belvedere, buonasera.

— Buonasera. Avrei urgentemente bisogno di parlare con il signor Paolo Chiari. So che è vostro ospite da questa sera...

— ...

— Pronto?

— Sì, verificavo il numero della stanza. Ecco, trovata. La metto in contatto signora. Buonanotte.

Vera attende per un tempo che le sembra infinito. Le batte forte il cuore. Sa che c'è qualcosa di sbagliato in tutto ciò.

Le risponde una voce assonnata:

— Pronto, chi parla?

— Ciao, sono io. Volevo salutarti.

— Ciao...

— Come va lì a Teramo?

— Bene... domani mattina devo svegliarmi presto. Ho un appuntamento con un cliente.

— Scusami se ti ho disturbato.

— No... tranquilla...

— Qui tutto bene. Domani io e le mie sorelle partiamo per andare al funerale a Cartore.

— Bene... io rientro domani sera a casa.

— Ho capito, ci sentiamo al mio ritorno.

— Ok...

— Buonanotte...

— Buonanotte Vera.

— Ti amo — sussurra lei, piena di dolcezza, ma lui ha messo giù. Non l'ha sentita.

Tutto inutile.

L'ennesimo segnale interrotto.

Si spoglia. Torna in bagno a lavarsi. Si distende a letto, gli occhi gonfi e, lentamente, si addormenta.

5

Vera si sveglia di buon'ora. Il materasso, molto morbido, le ha lasciato un lieve ma fastidioso mal di schiena.

Durante la notte ha sentito il tonfo pesante della porta accanto, e nel dormiveglia si è domandata se poteva essere Carlotta, tornata in albergo dopo l'incontro con l'uomo della berlina.

Si lava velocemente, rimette le poche cose che ha sistemato nell'armadio dentro al borsone ed esce dalla stanza.

Nella hall trova Sara intenta a leggere con attenzione le quotazioni dei derivati e delle materie prime sul *Sole 24Ore*. Di fronte a lei è seduta Giulia, con in mano una rivista di programmi televisivi. Il suo viso è rilassato e luminoso, come solo una madre può averlo. Per leggere indossa degli occhiali da vista con una montatura leggera.

Sul tavolino, davanti a loro, ci sono due tazzine vuote di caffè e un cestino di cornetti.

— Buongiorno — dice Giulia. — Dormito bene? — Posa la rivista e fa cenno a Vera di sedersi con loro.

— Sì...

Sara ripiega il quotidiano:

— Mangia uno di questi croissant secchi. Sei così magra che sei quasi trasparente.

Vera ne prende uno e inizia a masticarlo lentamente.

Il concierge, posizionato al solito posto, sta sorseggiando una tazza di caffè compilando moduli.

Non ci sono altri ospiti nella hall.

Un uomo sui cinquant'anni dalla pelle scura e i capelli radi, in maglietta bianca e jeans, entra e si dirige al bancone.

Vera lo vede parlare con il concierge che le indica. L'uomo si volta e si avvicina:

— Buongiorno signore. Sono l'autista mandato dal dottor Gian Pucci.

— Hai capito il Pucci? Dottore! — commenta ironica Sara.

— Come, scusi?

— Nulla. Scherzavo con le mie *sisters*... — Si alza lentamente, prende la valigia che aveva appoggiato a terra. — Dov'è la bionda? — chiede, scocciata.

— Andiamo — risponde alle sue spalle Carlotta. Indossa un vestito a fiori, aderente, sandali con un tacco medio e gli occhi nascosti dai suoi grandi occhiali da sole. Stringe la maniglia della sua valigia con le rotelle.

Escono in fila indiana, dopo aver riconsegnato le chiavi al concierge che augura loro un buon proseguimento di giornata e fa cerimoniosamente le condoglianze.

All'esterno è parcheggiato un furgone Renault Trafic bianco.

L'autista prende i loro bagagli e li sistema sul retro. Poi apre il portellone laterale. Vera e Giulia si siedono vicine, Carlotta si posiziona sui sedili posteriori e tiene cocciutamente gli occhiali da sole nonostante il cielo sia terso, cupo. Sara spalanca lo sportello anteriore e si siede di fianco al posto di guida, dove si stravacca cercando una posizione comoda.

— Mi chiamo Giuseppe, però potete chiamarmi Pino — dice l'uomo alla guida girando la chiave dell'accensione. — Per arrivare a Cartore sono due ore e mezzo di strada, un po' di più se ci fermiamo a fare una sosta in autogrill. Benzina l'ho fatta prima di venirvi a prendere. Spero non soffriate di mal d'auto perché l'ultima parte del tragitto, usciti dall'autostrada, è piena di dossi, salite e tornanti. Sapete, Cartore è abbastanza sperduto sui monti...

— Io mi chiedo perché Martin si sia rintanato lì — si domanda a voce alta Giulia.

Mentre il furgone si immette su una stradina laterale a Campo de' Fiori cala il silenzio nell'abitacolo, poi la voce di Carlotta, calda e assonnata:

— Stava in una comunità di recupero per tossici.

Le sorelle non sanno che dire.

Ognuna di loro guarda all'esterno la Città Eterna che scorre veloce, fino a quando se la lasciano alle spalle.

Tagliano il Grande Raccordo Anulare congestionato dal traffico. Su di loro preme un cielo grigio senza nuvole.

Attraversano i Monti Tiburtini. Paeselli arroccati su promontori. Alberi ingialliti dalla calura. Casolari abbandonati. Chioschi di cocomerai sulla strada statale che costeggia l'autostrada.

Pino ha acceso l'autoradio e ha inserito una cassetta di Franco Califano.

Sara fuma una sigaretta e ha tirato giù il finestrino.

Carlotta sonnecchia con la testa piegata in avanti.

Vera si lascia scompigliare i capelli dalla brezza che entra nel furgone e pensa alla telefonata frettolosa della notte precedente. Pensa alla trasmissione televisiva in cui i tre ospiti hanno parlato di suo padre. Eroe o impostore? Tutte e due le cose? Qual era la vera anima di Martin Coleman?

— Le dispiace se ascoltiamo questa? — chiede Giulia allungando, tra i seggiolini, una cassetta a Pino.

Probabilmente si è stancata della roca e melodrammatica voce del Califfo.

L'autista la prende senza dire una parola. Interrompe l'esecuzione di *Per noi romantici* e inserisce nella fessura dell'autoradio il nastro che gli ha consegnato Giulia.

Dopo pochi secondi le note di *Alba chiara* si diffondono nell'abitacolo.

— Gesù, Giulia, ma è Vasco Rossi... — borbotta Sara.

— Certo che è Vasco. È la mia evasione, mettiamola così.

— Ah, le madri di oggi...

Giulia canta a bassa voce. Ha un sorriso sereno stampato sul viso.

Sara ha gettato la sigaretta dal finestrino e osserva il panorama arido della campagna laziale.

Vera si lascia rapire dalle parole della canzone. "Diventi rossa se qualcuno ti guarda...". Chiude gli occhi. La schiena le fa ancora un po' male. Nonostante abbia dormito diverse ore si sente stanca...

— Devo andare in bagno. — È la voce di Carlotta.

Vera apre gli occhi. Guarda fuori e le sembra che il paesaggio sia cambiato, ora il furgone procede in salita su morbidi colli. Allo stereo c'è ancora il rocker emiliano, la canzone però non è più *Alba chiara*, ma un brano veloce e ritmato che non conosce. Probabilmente si è assopita senza essersene accorta.

Il Renault Trafic entra in un'area di sosta dove ci sono un minuscolo autogrill, una pompa di benzina e diversi tavoli esterni dove fare uno spuntino.

Scendono a sgranchirsi le gambe.

Carlotta, seguita da Sara, si dirige verso la toilette. Giulia e Vera le tallonano.

— Guarda che il bagno degli uomini è dall'altra parte — commenta Sara, mentre Carlotta sta per passare di fianco alla signora anziana seduta alla scrivania dove c'è il cesto per la raccolta delle monetine, davanti alla porta con la scritta "Donne".

— La signora paga anche per me — risponde lei di rimando, oltrepassando l'azzimata donna delle pulizie che, con faccia impassibile, la osserva scomparire dentro una cabina.

Poco dopo anche le altre tre trovano una toilette libera e si chiudono dentro.

Un forte odore di disinfettante economico invade l'aria.

Nessun rumore. Nessun suono.

— Chiamami a ogni ora... zero... sei... uno... quattro... due... due... cinque... sei... otto... ehi, bionda, non è il tuo numero di telefono? — chiede Sara per spezzare il silenzio.

— Stronza — risponde Carlotta.

Si sente un impercettibile sgocciolio.

Poi una cascatella che rimbalza da una parete all'altra. Da una cabina all'altra.

Catenelle che vengono tirate.

Acqua che scroscia nei water.

Porte che si riaprono.

Quasi all'unisono, tutte e quattro, si fiondano ai lavandini per lavarsi le mani. Si urtano per prendere i tovagliolini di carta con cui asciugarsi.

Vera osserva Sara, bassa, tozza, mascolina e Carlotta, alta, slanciata, femminile che si evitano, con lo sguardo, in tutti i modi, si scostano, quasi elettrizzate, per scansare anche il più insignificante contatto fisico.

Non riesce a comprendere quella tensione, quell'astio.

Guarda Giulia, ma la sorella alza lo sguardo verso l'alto, con fare rassegnato.

Passano davanti alla donna delle pulizie che le ignora totalmente ed entrano nell'autogrill.

Pochi viaggiatori che bevono caffè al bancone. Un bambino che corre tra prosciutti di Norcia, bibite gassate e confezioni di patatine.

Giulia si ferma davanti al telefono a gettoni:

— Arrivo subito, chiamo la tata, a casa, per chiederle se è tutto ok.

Sara compera tre sacchetti di Fonzies, delle barrette Kinder e un Twister.

Carlotta si blocca di fronte alla rastrelliera dove sono esposti quotidiani e riviste. Prende un giornale con la carta patinata e lo sfoglia. Vera nota che le tremano le mani. Cerca di mettere a fuoco la copertina. C'è ritratto un uomo piuttosto giovane, sui trent'anni, muscoloso e attraente, in piedi davanti a una piscina, abbracciato con una ragazza dalla carnagione color caffellatte. Sembrerebbe, dallo scatto, che i due non si siano resi conto di essere stati immortalati. Il titolo, sotto la foto, riporta la dicitura, scritta in giallo, a caratteri cubitali: "Nuova fiamma caraibica per Rudy Comini, il gigolò del pallone". In basso una fotografia più piccola, a forma circolare, in cui compare il viso sorridente di Carlotta. "Charlotte Coleman l'ennesima ex?".

Un uomo, passando, urta Vera e le chiede scusa. Carlotta si accorge della sua presenza, rimette la rivista nella rastrelliera ed esce dall'autogrill.

Poco dopo la raggiungono anche le altre.

Pino è appoggiato alla fiancata del furgone, a poca distanza dal distributore di benzina:

— Siete pronte, signore?

Annuiscono e salgono a bordo.

Carlotta, dal fondo dell'abitacolo, vedendo che Sara ha in grembo i sacchetti di patatine, la cioccolata e i dolcetti commenta:

— Giusto per rimanere leggere…

— Non ti ho preso nulla, avevano finito i cetrioli — risponde questa, acida, sedendosi pesantemente nella parte posteriore del Renault Trafic, e facendone ondeggiare le sospensioni.

6

Il furgone si inerpica sulle prime salite dei Monti Simbruini.

Alla loro sinistra si lasciano la valle dell'Aniene e proseguono per una strada stretta dove si sviluppano estese faggete, ampi pianori, un ruscello di acqua cristallina.

— Non dovevamo andare a Cartore? — chiede Sara, espirando il fumo della sigaretta.

Pino, l'autista, annuisce.

— Ma ce la siamo lasciata alle spalle mezzora fa. Ho visto il cartello. È sicuro di conoscere la strada?

L'uomo sorride e annuisce di nuovo:

— Il posto dove ci stiamo recando si chiama Villa Monti ed è ai Casali. Una frazione di Cartore.

Salite sempre più ripide, manto stradale dissestato, pieno di buche, che fa sobbalzare le ruote del Renault Trafic.

— Siamo in mezzo al nulla — commenta Sara.

Pino indica con un dito una montagna brulla e sassosa all'orizzonte, apparentemente non solcata da strade:

— Quello è il Monte Velino. Dalla vetta, nei giorni di cielo limpido, si possono vedere sia il mare Adriatico che il mar Tirreno.

Procedono tra dirupi e brecciai che conferiscono un aspetto desolato e desertico al paesaggio. A tratti la vegetazione si fa però intensa, verde, quasi fosforescente.

— Qui siamo al confine tra Lazio e Abruzzo — informa Pino mentre entrano in un piccolissimo centro abitato di origine probabilmente medioevale. — Siamo ai Casali.

— Siamo giunti a destinazione? — chiede Giulia alle sue spalle.

— Villa Monti è poco fuori il borgo. Cinque minuti.

Attraversano una piazza ovale dove si affaccia una rocca, interamente in pietra bianca, e da dove si inerpicano viuzze pittoresche e tortuose.

Su un lato una chiesetta, un minuscolo spaccio alimentare e un bar. Sotto la veranda sono disposti due tavoli ai quali sono seduti degli anziani intenti a giocare a carte e a fumare.

Vera li osserva attraverso il vetro del finestrino e si sente spiazzata. Quel luogo nuovo e inedito le dà un senso di vertigine. Ha pensato spesso, da quando si è trasferita da Roma al Lago di Bracciano, per assecondare l'egoismo della madre e del suo nuovo amore, che è andata a vivere in una gabbia. Consapevole di questo si è però convinta di preferire un'esistenza precaria in una prigione in cui le appare impossibile evadere, anche se non ha porte, mura, finestre, guardie, piuttosto che prendere una macchina alla ricerca dell'illusione di una vita migliore.

E ora, invece, eccola lì. Con quelle sorelle che non vede da dieci anni. A ricordare un padre che ha fatto di tutto per cancellare dalla memoria. Tutto retrocede lentamente, inesorabilmente, in quella regione buia della nostra mente che chiamiamo passato.

Mentre il furgone si immette in un vialetto sterrato, lungo e alberato, si chiede se sia possibile dimenticare realmente una persona, i fatti della vita, i ricordi a essa legati.

Quello che sta accadendo le suggerisce di no.

Il furgone si è fermato in un piazzale.

Sulla destra un orto, abbastanza ampio, dove sono piantati bastoni per la coltivazione dei pomodori e dove stanno crescendo verdure che, a quella distanza, parrebbero melanzane e zucchine.

Sulla sinistra una serra e un capannone aperto dove c'è qualcosa coperto con un telo, probabilmente cataste di legna.

Davanti a loro si erge una villa. È a due piani, di mattoni vivi e a pianta larga. La manutenzione esterna lascia parecchio a desiderare: l'abitazione sembra poter cadere a pezzi da un momento all'altro.

— Ho visto un posto del genere in un film dell'orrore — dice Giulia, sorridendo a Vera che sta osservando l'esterno a bocca spalancata.

Alcuni ragazzi, vestiti con abiti da lavoro, stanno trasportando dei sacchi sulle spalle verso la serra. Hanno cappelli di paglia, capelli lunghi che gli cadono sulle spalle e la barba lunga e incolta.

Mentre le quattro donne e Pino scendono dal furgone fa capolino dalla porta della villa una donna sui sessant'anni. I capelli grigi raccolti in una lunga coda. Un maglioncino nero, pantaloni larghi e sformati.

È una bella donna, ma di una bellezza che non brilla immediatamente, pensa Vera. Bisogna guardarla per un po' e allora le forme cominciano con lentezza a oltrepassare il grigiore e la pesantezza del suo vestire, il maglioncino largo e gli indolenti pantaloni di fustagno. Il suo viso si illumina vincendo la stanchezza dell'età che non cerca di celare in ogni modo.

— Quella è Ginevra Monti — commenta Carlotta.

— Ah, e sarebbe? — chiede Giulia.

— Ha recitato con Martin in *Cascate di diamanti*.

— Non l'avevo riconosciuta vestita in modo così informale — dice Vera.

— È anche vecchia. È passato un secolo da quando hanno realizzato quel film. Probabilmente andava ancora a scuola — brontola Sara asciugandosi, con il palmo della mano, il sudore dalla fronte.

Dietro a Ginevra esce anche Gian Pucci, l'agente e amico intimo di Martin Coleman, caduto in declino insieme alle fortune del suo assistito. La pelle abbronzata, completamente stempiato, gli occhiali da vista con la montatura dorata, si avvicina zoppicando. Ha una camicia blu e pantaloni di tela.

Un tipo curioso. Vera, quando frequentava la casa al mare di Martin, aveva sempre trovato contrastante la sua presenza esteriore con l'inaspettato apparire della sua essenza. Rozzo, scavato nel volto bruciato e torvo, eternamente in jeans e magliette bianche. Invece era dolce, affabile e gentile nella sua vocina. La stessa con cui le accoglie ora e le saluta, rivolgendosi loro con parole di circostanza:

— Come siete cresciute. Quant'è? Dieci anni che non ci vediamo? Eravamo alla casa al mare di Martino, l'ultima volta. — Allunga la mano e la stringe alle nuove arrivate. — Sara... Giulia... Vera... — Quando è il turno di Carlotta si limita a sorriderle, come se tra loro ci fosse un rapporto meno formale.

Ginevra Monti ha modi eleganti, quasi aristocratici. I suoi capelli grigi sono lucenti, raccolti nella lunga coda. Una coda bassa sulle spalle, tenuta da un elastico di velluto rosso scuro.

Ha un'espressione indolente e voluttuosa e una struttura corporea energica:

— Martino mi ha parlato molto di voi. Negli ultimi momenti, prima di lasciarci, i suoi pensieri erano tutti rivolti alle sue quattro figlie.

— Cos'è successo? — chiede Giulia.

— Tumore al pancreas, si è rifiutato di farsi curare. Io ho insistito, ma lui non ne ha voluto sapere. Vi ricordate com'era fatto, immagino. Cocciuto fino al midollo... — Con un braccio fa un gesto ieratico e teatrale verso la villa. — Il funerale è previsto per domani mattina nella chiesa del paese, ho già pensato a tutto io. Ai Casali non ci sono alberghi, ma potete restare qui. Abbiamo una camerata libera con quattro letti. Ve l'ho già fatta preparare.

È molto semplice, nulla di raffinato, ma pulita... — si giustifica, mostrando una dentatura perfetta.

— Andrà benissimo — la tranquillizza Giulia, anticipando Sara che sembrava sul punto di partire in quarta con una delle sue sparate senza peli sulla lingua.

— Bene. Siamo felici di avervi come nostre ospiti. — Ginevra, con un cenno, chiama uno dei ragazzi che sta trasportando i sacchi alla serra. — Marco, puoi portare le valige nella camera?

Il ragazzo annuisce, senza parlare. Ha un tic all'occhio destro, abbassa il viso quando passa accanto a Carlotta.

Pino gli dà una mano a scaricare i bagagli ed entrambi si dirigono verso la casa.

— Vi lascio sistemare le vostre cose, tra mezzora pranziamo nella grande sala al piano terra. Vi aspetto. Carlotta, puoi accompagnarle tu? Vi ho dato la stanza alla fine del corridoio. Su, al primo piano.

Vera, Sara e Giulia si scambiano occhiate tra loro senza dire nulla.

Ginevra si congeda e si incammina in direzione del portone principale insieme a Gian Pucci.

— Andiamo? — domanda Carlotta alle sorelle. Poi guarda Sara. — Ho una triste notizia da darti: non c'è l'ascensore.

7

Il salone al piano terra è spartano. Muri tinteggiati a calce bianca, una lunga tavolata dove sono già seduti una dozzina tra uomini e donne con indosso vestiti informali.

Quando le quattro figlie di Martin Coleman entrano nella stanza Ginevra e Gian Pucci si alzano in piedi e lei presenta al gruppo le nuove arrivate:

— Loro sono le figlie di Martino. Staranno con noi per un po'.

Sorrisi e alzate di mano in segno di saluto si levano dalla tavolata.

Le quattro donne si dividono e prendono posto sulle sedie libere dislocate sui due lati della lunga tavolata.

Vera si siede di fianco a Gian Pucci e si guarda intorno.

I commensali vanno dai venti ai cinquanta anni. Alcuni di loro hanno visi familiari. Vera è convinta di riconoscere in un uomo con la barba e la pelle butterata un cantante pop del quale la madre aveva un disco che ascoltava spesso quando lei era bambina. Anche la ragazza seduta di fronte a lei, una mora con le labbra car-

59

nose e occhi azzurri le sembra di averla vista su qualche rivista, ma non saprebbe dire quale e perché.

Una donna e un uomo con grembiuli bianchi entrano nel salone tirando un carrello su cui sono appoggiati un enorme pentolone fumante, dei piatti fondi e delle pagnotte di pane bianco.

Qualche timido applauso si alza alla loro apparizione.

L'uomo versa, con un mestolo, un liquido spesso nei piatti. La donna li prende e li serve in tavola insieme alle pagnotte e ai cucchiai.

È una zuppa di verdure. Vera porta il cucchiaio alla bocca e assapora quel gusto semplice ma nutriente. Gli ortaggi sanno di terra sana.

Intorno a lei il clima è sereno.

Osserva le sorelle, sedute lontano da lei.

Giulia sta conversando con una donna alla sua destra. Sorride con il suo fare materno e rassicurante e la sua interlocutrice la ascolta con un'espressione attenta.

Sara gesticola con le mani e, quello che a Vera ricorda il cantante che ascoltava sua madre, la osserva mentre sposta pagnotte di pane sul tavolo. "Container. È una grossa azienda di import export...". La sua voce mascolina arriva fino a lei.

Carlotta è seduta in un angolo, vicino a Ginevra. Ha indosso ancora gli occhiali da sole e ha lo sguardo basso, sul piatto. Con il cucchiaio mescola lentamente i legumi. Ginevra le dice qualcosa e lei scuote la testa in segno di negazione. Marco, il ragazzo con il tic all'occhio che ha trasportato le loro valige in casa, seduto a qualche posto di distanza, sul lato opposto, non le toglie gli occhi di dosso. Poi Vera vede che la ragazza di fianco a lui, una eterea giovane con i capelli biondi intrecciati in complicate treccine, gli accarezza il viso dolcemente e lui distoglie lo sguardo.

— Sei diventata una bella donna, Vera — Gian ha modi stanchi e la voce roca di chi ha fumato troppo nella vita.

Lei lo guarda in silenzio. Fissa la montatura dorata dei suoi occhiali, luminosa sulla sua faccia di cuoio.

— Come stai?

— Bene, grazie — risponde Vera, timidamente.

— È una situazione surreale, non trovi?

— Sì... un po' sì... io sono ancora scombussolata dal viaggio. È successo tutto così in fretta...

— Sono profondamente turbato dalla morte di Martino. Da molto tempo non riuscivo più a fargli avere una parte e io, con lui, sono finito nel dimenticatoio. Con lui, negli ultimi anni niente era come doveva essere. Si sentiva onnipotente, molto spesso, anche quando non c'era nessuna luce alla fine del tunnel, così tanto da non capire che il suo ruolo nel mondo dello spettacolo era cambiato. Era convinto che il successo fosse una specie di ombra immobile, che stesse sempre lì anche quando il sole l'accecava, e prima o poi sarebbe tornata alla ribalta... — Gian Pucci si leva per un attimo gli occhiali e se li pulisce sui pantaloni. — Non so se riesco a spiegarmi. Con Martino, del resto, tutto era nebuloso. Anche il nostro rapporto è sempre stato confuso. Quando parlavamo d'affari faceva l'amico, ma quando c'era da parlare di qualcosa di personale manteneva le distanze. Eppure, a modo suo, ha cercato sempre di esserci. Anche con voi quattro.

Vera è scossa da quelle parole. Le sue mani vuote si chiudono, sotto il tavolo, afferrando appena l'aria. I suoi occhi preferiscono fissare il muro tinteggiato a calce che lo sguardo impassibile di Gian Pucci:

— Non ho avuto più sue notizie per dieci anni… è scomparso. Mai una telefonata o una lettera… — Lancia uno sguardo a Carlotta che sta mangiando lentamente la sua zuppa accanto a Ginevra. Il ragazzo con il tic continua a fissarla di nascosto. — Non che prima fosse così presente, ma almeno ci voleva vedere. Ci portava a casa sua…

— Le cose non sono andate bene, per lui.

— Ho pensato di contattarlo molte volte, ma tra noi si era instaurato un rapporto strano. Sono vissuta con l'apprensione di disturbarlo… sono… siamo cresciute senza un padre. È andata così, non possiamo più farci niente, ma sono rimasta incerta se venire al funerale fino all'ultimo momento…

— Beh, eccoti qui. — Gian Pucci le sorride in modo paterno mentre lei si volta verso di lui.

— Già, eccomi qui… e non so ancora il perché.

Dopo pranzo aiutano tutti a sparecchiare. Portano piatti e bicchieri nella cucina, sul retro.

Carlotta si muove in modo familiare, sembra sappia esattamente dove vadano riposti gli utensili.

Colloca piatto e bicchiere in una bacinella colma d'acqua dove una ragazza gli dà una strofinata con una spugna ruvida.

— Usiamo solo prodotti naturali — dice questa a Sara, che sta osservando l'operazione con una faccia sconcertata. — Evitiamo di prenderci malattie da derivati chimici.

Nel pomeriggio le attività della villa riprendono regolarmente. Qualcuno va a lavorare nell'orto, qualcun altro si siede intorno a Ginevra a dialogare con un bloc-notes e una penna in mano, altri ancora vanno nella serra, un paio di donne rimangono in cucina a pelare delle patate.

Vera torna in camera con le sorelle, ma quando queste si stendono per riposare un po' decide di fare una passeggiata.

Fa un giro intorno alla casa. Ammira il promontorio brullo del Monte Velino, quello che Pino le ha detto avere il privilegio di mostrare agli scalatori sia il litorale dell'Adriatico, sia quello del Tirreno.

Entra nella serra. Su lunghi scaffali ci sono fiori e piante dai colori intensi.

Addossato alla parete un appendiabiti su cui sono sistemati dei camici blu che hanno targhette riportanti dei nomi sul taschino.

Elisa. Dario. Ugo. Nicoletta. Martino...

È titubante, lo sfiora con le dita e poi lo sfila dal gancio e se lo rigira tra le mani. Un semplice camice da lavoro, come quello degli operai in fabbrica. È sporco di terra e ha le maniche arrotolate.

Se lo avvicina al naso per annusarlo e, improvvisamente, lo sente.

Sente l'odore del passato.

L'odore di suo padre.

Una fragranza di sudore aspro che le fa tornare in mente il mattino di un'estate di tanti anni prima, quando aveva dieci anni.

Martin in quei giorni era di buon umore. Gian Pucci aveva messo le mani su un contratto per un film che avrebbe potuto riportarlo in auge.

Non c'era ancora nulla di scritto, ma la stretta di mano tra Pucci e il produttore del lungometraggio sembrava avere il peso della certezza.

Martin aveva portato le bambine sulla spiaggia privata della villa. Un evento che non succedeva quasi mai: di solito lasciava che fosse una delle donne delle pulizie o qualche tata ad andare con loro. Più spesso preferiva rimanessero nei dintorni della piscina dietro casa, mentre lui si richiudeva nel suo mondo fatto di scotch e sigarette.

C'era un caldo torrido quella mattina. Martin, ai tempi, stava con Ana Laura, una ballerina di varietà venezuelana, che parlava appena l'italiano ed era infastidita dalla presenza delle bambine. Si era sdraiata in disparte, su un telo da mare a prendere il sole in bikini, ignorandoli.

Sara, Giulia e Carlotta si erano tuffate in mare, allegre e spensierate, mentre Vera, la più paurosa di tutte loro, era rimasta a riva a guardarle. Non aveva mai nuotato in mare, nessuno le aveva mai insegnato a farlo e, anche in piscina, preferiva rimanere sul bordo della vasca.

Rimaneva lì, preoccupata. Quell'immensa massa d'acqua la terrorizzava.

— Su, Vera, vieni a fare il bagno — aveva detto Martin.

Ma lei si era stretta con le ginocchia al petto, senza rispondergli nulla.

Non potendo lasciare le altre da sole in mare aperto, Martin si era inginocchiato e l'aveva presa in braccio.

Lei si era appesa al collo di suo padre come un piccolo koala, affondando la testa nella sua clavicola sudata.

Era rimasta ad annusare quell'odore aspro e pungente fino a quando erano giunti in acqua. Le deboli onde le solleticavano il petto.

Il freddo l'aveva fatta tremare e si era stretta ancora più forte a Martin.

Lui l'aveva sollevata con le sue forti mani e se l'era messa a cavalcioni sopra le spalle.

Avevano guardato le altre bambine giocare e sguazzare. Spruzzarsi l'acqua addosso ridendo.

Sara, già allora molto solida di costituzione, si tuffava a bomba e alzando schizzi di acqua salata verso Carlotta che cercava di allontanarsi senza bagnarsi i capelli. Giulia nuotava a cagnolino, impegnata in quell'attività come fosse una campionessa olimpica.

Era stata una mattina felice e serena. Uno dei pochi momenti in cui Vera ricordava Martin sorridere in modo naturale e non artefatto come capitava nei film.

Qualche giorno dopo Gian Pucci era giunto alla villa e gli aveva comunicato che purtroppo non aveva ottenuto la parte e lui si era chiuso nel suo studio per settimane a bere e fumare, sbraitando e urlando da solo.

— Ciao.

Vera si volta e si trova davanti la ragazza con i capelli biondi intrecciati in sottili treccine che aveva visto a tavola, di fianco Marco, il giovane che le aveva aiutate a portare in casa i bagagli e che non toglieva gli occhi di dosso a Carlotta durante il pranzo.

Vera rimette a posto il camice, arrossendo come colta con le mani nel sacco.

— Era quello di Martino — dice la ragazza, sorridendole.

— Sì.

— Io sono Roberta. — Prende un vaso di terracotta dove sono piantati dei fiori gialli a stella con fusti sottili e foglie verdi brillanti. — Le conosci?

— No.

— Si chiamano Primule veris e producono questa cascata di fiorellini per tutta l'estate.

— Sono molto belle.

— Crescono spontaneamente un po' ovunque, ma sono molto delicate. — Roberta sfiora i petali con un dito. —Tuo padre le curava ogni giorno. L'ultima cosa che mi ha detto, prima di andarsene, è stata: "Abbi cura dei miei piccoli fiori".

Vera non sa cosa dire. Si sente a disagio e il cuore le batte forte.

— Li amava, gracili e speciali. Io cerco di tenerli in vita. Di prolungare la loro fioritura.

Vera osserva i fiorellini.

Un raggio di sole si incunea attraverso le vetrate crespe della serra e si riflette sui petali.

Piccoli caleidoscopi dorati si creano, magicamente, intorno alla pianta.

8

Vera rientra nella villa dopo la passeggiata nei dintorni. Tra dossi erbosi, faggi e radure aride ha riflettuto sulla sua vita. Ha pensato alla speranza, quasi sopita, che lui un giorno le dica che con sua moglie è finita, che questa ha preso atto civilmente della situazione in modo da lasciar liberi loro due di coronare il loro sogno d'amore.

Si è chiesta se sia il caso di lasciarsi andare, ballare follemente sulla propria vita o se questa è ormai segnata nella carne più profonda di una storia già raccontata. Se la cieca casualità può prendere per se stessa le forme della predestinazione o se sia il destino a essere così assurdamente certo.

In cucina trova Giulia, in compagnia di due ospiti della villa, intenta a tagliare cipolle su un tavolo. Sta canticchiando una canzone di Vasco Rossi e i due ridono, ascoltandola.

Vera pensa alla capacità della sorella di entrare subito in empatia con gli sconosciuti. Non ha mai avuto problemi a socializzare. Le basta sorridere e anche la persona più cupa si accende. Una qualità che lei non ha mai posseduto.

Giulia le strizza l'occhio e Vera la saluta con un cenno della mano.

Sale le scale, percorre il corridoio ed entra in camera.

È un ambiente grande e informale: quattro letti, quattro comodini, un grande armadio rustico e una scrivania con una sedia.

Sara sta dormendo. Sdraiata a pancia in su, a gambe e braccia larghe, russa sonoramente.

La finestra è socchiusa e la stanza si è raffreddata.

Vera si avvicina per accostare i battenti e sente, da basso, delle voci bisbigliate.

Si affaccia e, sotto di lei, vede Carlotta in compagnia di Marco, il ragazzo con il tic all'occhio.

Carlotta è appoggiata al muro con il viso rivolto di lato. Fuma, tenendo la sigaretta in modo teatrale.

Il ragazzo è di fronte a lei, ma i loro sguardi non si incrociano. Parlano, senza contatto visivo.

Vera nota che lui è più basso di Carlotta, nonostante la sorella calzi sandali senza tacco.

Marco parla in modo animato, a ruota libera. Sembra che stia facendo sgorgare sulla sua interlocutrice tutto ciò che si porta dentro.

Vera dovrebbe chiudere la finestra e tornare in stanza, ma suo malgrado ascolta e riesce a sentire cosa si dicono. Il tono soffocato arriva fino a lei, ampliato dal silenzio dell'ambiente circostante.

— Sei sparita dall'oggi al domani, senza una parola, senza una spiegazione... stavo uscendo matto, non riuscivo a smettere di pensarti, ho sentito che c'era qualcosa... che anche tu provavi qualcosa per me... non posso essermi sbagliato... so che non era un gioco... un'infatuazione... guardami cazzo!

Carlotta ascolta in silenzio, poi si volta:

— Non hai significato nulla per me. Mi dispiace di infrangere i tuoi sogni. Vuoi la verità nuda e cruda? Bene. È stato un periodo difficile della mia vita e ti ho usato per sentirmi meno di merda. Contento? E comunque non mi sembra tu abbia avuto problemi a metterti con un'altra appena me ne sono andata via... — Carlotta spegne la sigaretta contro il muro e accenna ad andarsene.

Il ragazzo cerca di afferrarla per il polso, ma lei si divincola e a passi lunghi si allontana, lasciandolo lì, impietrito.

Vera osserva Carlotta scomparire dietro l'angolo. Chiude la finestra e quando gira la vecchia maniglia un sinistro rumore invade la stanza.

Sara, sobbalza per il rumore. Si solleva di scatto con le braccia in aria, in una posizione che la fa apparire come una comparsa di un film di zombie. Apre gli occhi, respira affannosamente a bocca aperta.

— Scusa. Ho chiuso la finestra.

— Ah, sei tu... — Sara si gratta i capelli e sbadiglia con la bocca aperta. — Che ore sono?

— È quasi ora di cena, credo...

— Speriamo sia un po' più consistente del pranzo. Mi sembra di essere finita in una clinica per dimagrire. Per fortuna che mi è rimasto qualche snack comprato in autogrill. Se davo retta ai sensi di colpa che voleva farmi venire la bionda ero fritta. Altroché campo di concentramento.

— Dai, Sara, non chiamarla così...

— Così come?

— La bionda. Carlotta ci rimane male...

— Sono contenta se ci rimane male. Lo faccio apposta.

— Ma non è giusto — dice Vera arrossendo: non è molto brava a prendere le difese di qualcuno.

— Non è giusto? — I tratti del viso le si induriscono. — Guarda, meglio non toccare l'argomento. È una stronza egoista ed egocentrica, come suo padre. — Non è il tono ironico e cinico di sempre, ma c'è un'inclinazione di rabbia repressa. C'è profonda amarezza nella sua voce.

Vera non ha il coraggio di chiedere spiegazioni. Si siede sul suo letto e si contempla le mani.

— A cena, ieri sera, hai accennato a una relazione — dice Sara per cambiare argomento.

— Sì...

— A quando il fatidico "Sì"?

Vera si scosta nervosamente una ciocca dietro i capelli:

— Non so... io...

— Mi inviterai spero, mica come tua sorella Giulia, che ha fatto tutto in gran segreto.

— Ce lo ha spiegato ieri perché: si è sposata in comune, non si è mai cresimata, ti ricordi? Era già incinta del primo figlio, non credo volesse nessuno...

— Non voleva noi, non "nessuno". Ma tu, invece?

— Io niente. È una storia complicata. — Abbassa lo sguardo e forza un sorriso.

— Ehi, aspetta… non dirmi che te la fai con uno sposato?

— …

— Ci ho preso?

— La sta per lasciare…

— Naturale. E da quanto tempo lo frequenti?

— Un po'…

— Vera?

— Quattro anni…

— Cazzo, Vera, ma dopo quattro anni pensi davvero che lascerà la moglie?

— …

— Ha figli?

— Due…

— Sposato con due figli. Morale: ti sta prendendo per il culo. Il mio consiglio? Mollalo.

— Chi deve mollare chi? — Si voltano e vedono Giulia sulla porta. — Non starai dando retta ai suggerimenti di Sara, spero. — Giulia fa l'occhiolino complice a Vera, sorridendole.

— Tua sorella sta da quattro anni con un uomo sposato che ha due figli. — dice Sara lasciandosi cadere pesantemente sul materasso. — Ogni persona ragionevole manderebbe a fanculo una situazione del genere.

Vera la guarda con sguardo ammonitore. Vorrebbe ribattere ma sa, in cuor suo, che Sara ha ragione.

Giulia ha perso il sorriso. Si siede sul letto, di fianco a Vera e sospira.

— Tutto bene?

— Sì... — Giulia si sforza di sorridere di nuovo, poi si volta verso Vera ma sembra quasi che non la veda, che stia parlando a voce alta, da sola. — Quando siete insieme, rintanati da qualche parte come due clandestini, non ci pensi che a casa ha una moglie che lo aspetta e che vorrebbe che lui fosse lì ad aiutarla a crescere i loro figli? Non pensi che quella donna non ha nessuna colpa? Che forse vive come una frustrazione il fatto di essere sempre stanca, di non essere in forma e pronta a soddisfarlo? Che non avere più momenti per sé la sta logorando? — Gli occhi le sono diventati improvvisamente rossi. Iniziano a scenderle delle lacrime sulle guance. Poi esplode in un singhiozzo rabbioso.

Sara si è rimessa a sedere e guarda Vera. Entrambe hanno realizzato che Giulia ha parlato di qualcosa che vive in prima persona e che la situazione di Vera è stata solo il La per potersi sfogare.

— Faccio finta di non vedere, ma le prove le ho sotto gli occhi...

Sara si alza e l'abbraccia stretta:

— Ne sei sicura?

— Ho trovato tracce di rossetto sulla camicia e un profumo da donna, penetrante su diversi vestiti... dice che ha delle trasferte... che la banca lo manda in tutta Italia... un giorno ho chiamato in sede e mi hanno comunicato che era uscito da poco, mentre lui, al mattino mi aveva detto di essere a Torino... sì, ne sono sicura...

Sara la tiene tra le braccia e la culla:

— È uno stronzo. Solo uno stronzo tradirebbe una come te... — Si stacca da lei e la guarda. Le fa un sorriso. — Certo che se in casa vai in giro con questo maglione con gli elefanti disegnati sopra... — E scoppia a ridere.

Giulia ride e piange:

— Che scema... — Giulia allunga il braccio verso Vera, che è rimasta in silenzio, e le accarezza i capelli. — Scusa, non ce l'avevo con te, è colpa di questi uomini...

— Stronzi — conclude Sara.

— Già: stronzi. — Giulia si asciuga le lacrime con la mano. — Ok, ok, finito il momento patetico. Ero venuta a chiamarvi per la cena.

— Forse una buona notizia — dice Sara. — Cosa si mangia?

— Cipolle stufate e timballo di erbe.

— Ma che cazzo! — esclama Sara, e si gira verso Vera. — Ora capisco perché qua dentro sono tutti pelle e ossa. Va di moda la denutrizione.

Scendono dalle scale in fila indiana.

Nell'ingresso c'è Carlotta. È al telefono, un apparecchio nero, desueto, attaccato alla parete. Quando le vede chiude la chiamata con un "Va bene" e le precede in sala da pranzo.

La cena, così come era stato il pranzo, trascorre serena. Ginevra ha fatto sì che le nuove arrivate vengano sistemate vicine.

Lei e Gian Pucci mangiano all'altro capo del tavolo.

Il cibo è nutriente e semplice. L'acqua con cui dissetarsi fresca.

Vera nota sul viso di Carlotta un velo di malinconia. Giulia, invece, sembra aver ritrovato la sua sicurezza e il suo buonumore. Sara mangia con i gomiti appoggiati sul tavolo e chiede più volte se è possibile fare bis di cipolle stufate.

Per il dopocena Ginevra, Gian Pucci e gli ospiti di quella strana comunità hanno deciso di omaggiare la memoria di Martin Coleman guardando un suo film.

Si tratta di *Come la notte il giorno verrà*. Il lungometraggio che gli aveva dato l'Oscar come attore protagonista. Il film in cui interpretava il mite e buon pescatore Mario Pappalardo, protagonista, con il suo peschereccio, della fuga di un gruppo di bambini ebrei braccati da uno spietato generale delle SS. Il suo martirio nella scena finale, quando si consegnava ai nazisti, era considerato da molti critici come una delle più riuscite interpretazioni drammatiche della cinematografia.

Mentre Vera prende posto accanto agli altri in una sala confortevole, si ricorda che lei quel film l'aveva visto in televisione con sua madre.

Martin si era sempre opposto, non gli piaceva rivedersi nei film che aveva girato. E vietava alle figlie di guardarli quando erano ospiti nella villa al mare.

Accusava il giudizio altrui, che fosse quello di bambine di dieci anni o di un pubblico adulto.

Vera, una volta, aveva letto una sua intervista, non rammenta ora, dove, in cui suo padre affermava che i giudizi lo facevano sentire nudo e indifeso e che alle prime dei film si sedeva e, dopo pochi minuti, quando si spegnevano le luci, sgattaiolava via e rimaneva in corridoio a parlare con le maschere o a bere e fumare chiuso in bagno.

Attendeva l'arrivo dei titoli di coda per sentire le reazioni. E ogni volta era davvero una "prima": la stessa ansia, la stessa angoscia.

Riappariva prima che le luci si riaccendessero. Con la sua aria spavalda e sicura, con l'arroganza che solo un divo poteva avere, mano nella mano con la modella o attrice di turno. Bello e irraggiungibile.

Vera era stata da bambina a una di quelle prime, aveva visto Martin uscire, ma pensava che si fosse annoiato di rivedere sempre lo stesso film, non aveva mai immaginato, fino a quando non aveva letto quell'intervista, quello che provava realmente suo padre.

Di fianco a lei sono sedute Sara e Giulia.

Carlotta è tornata in camera.

A qualche sedia di distanza sono seduti Marco, il ragazzo con il tic, e Roberta, con la testa appoggiata sulla spalla di lui.

Gian Pucci infila una videocassetta duplicata in un malandato VHS.

Le immagini sono sgranate e il televisore Mivar troppo piccolo per quelli che stanno nelle ultime file, ma nessuno si lamenta. È il loro modo di onorare la memoria di

Martin. Quella pellicola rappresenta l'apice della sua carriera. Un film che sarebbe stato inizio e fine di un'epopea straordinaria. Celebrazione e canto del cigno, con un'eco lunghissima.

Vera è rapita da Martin. Dalla sua espressione dolce e al contempo dura. Da quell'aria mediterranea. Lei, fisicamente, non ha preso nulla di lui. Quando si guarda allo specchio non ritrova niente della sua bellezza seducente e carismatica.

Lo osserva compiere gesti di tenerezza e al contempo ruvidi nei confronti di quei bambini ebrei, estranei per il pescatore che interpreta, ma che fa di tutto per salvare. Si chiede quanta fatica gli deve essere costata quel ruolo. Si chiede se un po' di quella ruvida tenerezza, in fondo, non l'abbia coltivata anche per le sue figlie.

Dopo la scritta "Fine" al centro dello schermo, Gian Pucci spegne la televisione e augura la buonanotte. Anche Ginevra, Sara e Giulia se ne vanno a dormire.

Vera rimane seduta ad ascoltare Marco suonare una chitarra acustica.

Oltre a lei sono presenti Roberta e altri due giovani ospiti.

È una melodia di accompagnamento.

Una canzone popolare che gioca su pochi accordi intimi, disperati e commoventi.

La stessa canzone che Martin suona nel film guardando il tramonto sul mare.

La stessa che suonava alla villa.

Alla notte si sedeva sul bordo della piscina. Una bottiglia di scotch, le sue eterne sigarette e iniziava a strimpellare.

Vera e le sue sorelle erano già in camera, le finestre aperte. Dormivano, o dovevano farlo.

Lei, spesso, era sveglia. Gli occhi aperti nel buio, ascoltava quelle note commoventi insinuarsi nella stanza e cullarla.

Il suono di quella chitarra era la sua ninna nanna.

Vera chiude gli occhi e può sentire il rumore dei grilli, Sara che russa, una leggera brezza marina. Una corrente dolce e piacevole che le sfiora il viso e, sopra a tutto, quella melodia.

Là fuori, da qualche parte, suo padre che strimpella suadente una chitarra.

9

È notte.

La luna piena rischiara la stanza.

Le sottili tende lasciano traspirare la luce.

I corpi delle quattro donne sono sagome scure ben delineate sui materassi.

Da fuori proviene il lieve e ritmico frinire dei grilli. Un concerto agreste e antico che viene coperto, irregolarmente, dal russare di Sara, sdraiata a pancia in su, con la bocca aperta.

È un suono rauco e al contempo acuto che impedisce alle altre occupanti della grande camera di dormire.

Vera e Giulia sono coricate su letti vicini. Di fronte alla finestra.

Il morbido abbaglio lunare incornicia i loro volti in delicati chiaroscuri.

Sono stanche, la giornata è stata lunga e inconsueta. Così distante dalla quotidianità a cui entrambe sono abituate.

—Faceva così anche da piccola— bisbiglia Giulia. — Ti ricordi? Un camionista nel corpo di una bambina.

Vera sorride:

— Sì, mi ricordo. — Si volta di lato, verso la sorella. — Cos'è successo fra loro due?

— Cosa intendi dire?

— C'è tensione...

Giulia sospira e scuote impercettibilmente le spalle:

— Fatti loro. Hanno due brutti caratteri... si amano e si odiano, lo sai.

Vera annuisce.

Amore e odio, come quando erano bambine.

Sara e Carlotta erano inseparabili. Durante le vacanze estive nella casa di Martin stavano sempre insieme.

Esteticamente diversissime anche allora. Carlotta graziosa, longilinea e attraente nella sua innocenza, Sara tozza, sgraziata nei movimenti, ruvida.

Anche con i ragazzini del posto avevano un atteggiamento diverso: la prima giocava, forse inconsapevolmente, sconfinando continuamente nella malizia, mentre la seconda era impacciata, a tratti aggressiva.

L'ultima estate che avevano passato in quella grande casa, ormai adolescenti, erano andate a passeggiare sul lungomare del paese, poco distante da quell'abitazione appartata. Martin aveva poca presa su di loro, stavano crescendo, e le lasciava libere di andarsene in giro da sole a patto che rimanessero in zona.

Era una località di villeggiatura tranquilla, frequentata perlopiù da coppie di anziani e famiglie con bambini. Gli unici divertimenti erano un paio di gelaterie, qualche bar in riva al mare e un cinema all'aperto che proponeva vecchi classici.

Ma c'erano anche stranieri, tedeschi e inglesi, che campeggiavano in un camping nella pineta. Ragazzi e ragazze che si appartavano lì per poter praticare abbronzature integrali, accendere falò, suonare le chitarre, bere qualche birra e fumare spinelli in santa pace.

Carlotta ne andava pazza. Vedeva in loro una finestra sul mondo e spesso, quando li incrociava, assumeva quel suo ormai collaudato atteggiamento da gatta morta.

L'ultima sera prima della partenza tre ragazzi tedeschi di qualche anno più grandi avevano attaccato bottone mentre loro quattro si mangiavano un gelato sedute su un muretto in riva al mare.

Avevano chiacchierato in un mix goffo di inglese e italiano. Giulia e Vera, più ingenue e timide, si erano fatte da parte e avevano lasciato che fossero le sorelle a dialogare con quei giovani. Loro si erano messe a lamentarsi della scuola che sarebbe iniziata dopo poche settimane, promettendosi di scriversi tutte le settimane e di telefonarsi. Cosa che non facevano mai, ma che ogni fine estate si dicevano.

Sara e Carlotta avevano accettato di fare un giro nei dintorni con i ragazzi.

Vera ricorda che aveva guardato le sagome delle sorelle scomparire nell'oscurità. In lontananza lo sciabordio delle onde.

Era stata Sara, più tardi, nella notte, a raccontare frettolosamente cosa era successo.

Giunti in un punto buio della spiaggia si erano seduti a chiacchierare in quell'inglese maccheronico attraverso il quale era iniziata la conversazione sul muretto.

Uno dei tre, il più magrolino ed esile, sembrava interessato a Sara. Per lei era la prima volta che un ragazzo preferiva riporre la sua attenzione su di lei invece che sulla sorella. Era sorpresa e galvanizzata.

Si era fatta accarezzare i capelli. Aveva annusato l'odore dolciastro che il corpo di quel ragazzo emanava.

Era emozionata. Le batteva forte il cuore.

Quando gli si era avvicinata, pronta ormai a dare il suo primo bacio a un uomo, aveva socchiuso gli occhi in attesa di labbra che immaginava morbide e di una lingua sicuramente umida e capace di farla bruciare dentro.

Ma non era successo nulla.

Aveva riaperto gli occhi e aveva visto il ragazzo guardare alle sue spalle. Sul volto un sorrisetto complice.

Sara era sempre stata la più sveglia. Aveva capito che era tutto un trucco escogitato per lasciare i suoi due amici da soli con Carlotta.

Si era arrabbiata con se stessa per aver lasciato da parte la cruda realtà per la ricerca di un'illusione di piacere e felicità intima.

Si era sentita presa in giro e con tutta la forza che possedeva aveva tirato un pugno nello stomaco del magro tedesco.

Aveva visto comparire una smorfia sulla sua faccia. La bocca aperta a cercare aria.

Il ragazzo si era piegato per lo spasmo e lei, usando una mossa che le aveva mostrato suo nonno materno, pugile dilettante prima di intraprendere la carriera dell'imprenditore, si era girata sul bacino e di scatto gli aveva affibbiato un violento *jab*.

Mentre il ragazzo si lamentava e si contorceva sulla sabbia, si era alzata.

Aveva trovato un bastone, umido ma solido, lungo quasi un metro, e si era diretta verso i cespugli da dove provenivano le voci.

Uno dei due teneva ferma Carlotta per le spalle, mentre l'altro cercava di sollevarle il vestito leggero.

Il primo colpo era stato per quello che immobilizzava la sorella. Un colpo brutale vibrato sulla schiena.

Il secondo glielo aveva somministrato sulla testa. Aggressiva, rabbiosa, drastica.

Quando questi aveva lasciato la presa, Sara aveva fatto cadere dall'alto, ancora una volta, il bastone, impugnandolo con due mani. Lo aveva colpito alla spalla. Persuadendolo a darsela a gambe.

L'altro ragazzo, vedendo lo sguardo iracondo di Sara, aveva imitato il compare ed era corso via. Scomparendo all'orizzonte.

Sara aveva poi abbracciato la sorella e l'aveva riportata verso le luci del lungomare.

Carlotta si era alzata, issata dalla mano di Sara.

Vera e Giulia avevano assistito alla scena, da lontano, ma non avevano subito capito la dinamica.

Quando le avevano viste tornare da loro e Sara che si massaggiava la mano dolorante, avevano capito che qualcosa, in quell'incontro intimo, era andato storto.

— Torniamo a casa — aveva detto Sara, tenendo Carlotta per mano.

Solo più tardi, Sara, aveva raccontato, in modo spiccio, l'accaduto.

Il giorno dopo erano partite e non si erano più riviste fino al giorno prima, a Roma.

Le promesse di sentirsi, scriversi, vedersi erano state presto dimenticate. E non c'erano più estati da trascorre nella casa al mare per poter far finta che quei giuramenti adolescenziali non fossero mai stati fatti.

Vera non sa, ancora oggi, spiegarsi il perché.

Sente un rumore di molle provenire dall'altra parte della stanza.

Il profilo di Carlotta che si stacca dal materasso.

La vede camminare verso Sara.

Si rannicchia vicino a lei.

— Tztztz... tztztz... — Imita una sorta di richiamo che ricorda quello che si fa quando si vuole l'attenzione di un gatto. — Tztztz... tztztz...

Rimane lì, piegata, continuando a sussurrare quel suono onomatopeico, fino a quando Sara non smette di russare.

Poi Carlotta si rialza, le sistema la coperta e torna a letto.

Vera si volta verso Giulia. Ha gli occhi chiusi e il respiro regolare.

Anche lei è molto stanca. Gli occhi le diventano pesanti.

Il concerto dei grilli, ora indisturbato, è una nenia piacevole e pacifica per gettarsi tra le braccia di Morfeo.

10

Al risveglio Vera trova la stanza vuota.

Si alza in fretta, prende abiti puliti dal borsone e va a lavarsi velocemente nel bagno in fondo al corridoio e si cambia.

Una camicetta bianca e pantaloni neri di lino. Un abbigliamento sobrio. Senza trucco, solo una sistemata ai capelli per dargli una parvenza di pettinatura ordinata.

Scende le scale e trova le sorelle sedute nella grande sala. Stanno mangiando fette di pane fatto in casa, miele e formaggio. Una brocca di caffè fuma al centro del tavolo.

Vera saluta con un cenno e si siede a sbocconcellare pezzetti di pane.

Non c'è nessun altro in giro a parte loro quattro.

Gian Pucci, una camicia con il colletto sbottonato e gli occhiali con la montatura dorata che gli cadono sul naso, entra trafelato nel salone:

— Buongiorno a tutte. Spero abbiate dormito bene.

Gesti di assenso. Qualche sorriso impacciato e addormentato.

— Pino verrà a prenderci tra cinque minuti con il furgone. La funzione è alla chiesa del paese alle dieci. Ginevra e gli altri della comune sono già partiti a piedi.

— Che voglia. Ho sentito dire che è pieno di lupi nei dintorni — dice Sara nel suo solito modo cinico, ma nessuno abbocca, nessuno ride.

— Fate pure colazione con calma — prosegue Gian Pucci. — Io vi aspetto fuori.

Quando escono sul piazzale Pino è già arrivato, e appoggiato davanti alla fiancata del Renault Trafic e le saluta cerimoniosamente.

Vera pensa che il giorno precedente non lo ha più visto dopo che le ha depositate alla villa. Forse ha dormito in paese.

— Andiamo Vera? — dice Giulia, distraendola dalle sue riflessioni.

Tagliano con il furgone tra l'orto e la serra. Si immettono nel viale alberato.

Percorrono il breve tragitto fino alla frazione dei Casali.

Parcheggiano nella piazza ovale, davanti alla rocca di pietra bianca e fanno a piedi la decina di metri che li divide dalla chiesetta.

Gli anziani seduti al bar guardano le quattro donne e Gian Pucci attraversare la piazza, commentano sottovoce osservando il piccolo capannello raccolto davanti all'edificio di culto.

Gian Pucci ha spiegato, mentre erano sul furgone, che ha cercato di tenere la riservatezza riguardo al giorno e al luogo della funzione funebre.

Martin non recitava da tempo, caduto, come tante altre stelle del cinema prima di lui, in quella dimensione terribile, per chiunque abbia conosciuto la gloria, che molti chiamano "il dimenticatoio", ma era stato comunque una persona di spettacolo, aveva fatto parlare di sé e ci sarebbe stata la probabilità concreta che frotte di curiosi si materializzassero in quel borgo sperduto.

Davanti alla piccola chiesetta in pietra viva, invece, ci solo pochi presenti. Gli ospiti della villa, con cui Martin ha condiviso gli ultimi anni della sua esistenza. Ginevra Monti, responsabile non dichiarata di quella comune, e una decina di altre persone. Gente che gli era rimasta vicino anche quando le cose non erano andate per il meglio.

Sono distinguibili dagli ospiti della villa dagli abiti: più formali, eleganti, fuori dal loro contesto naturale fatto di set cinematografici e salotti televisivi.

Fra loro c'è un ometto sugli ottant'anni. È curvo come un minuscolo punto interrogativo, la faccia scarna e pallida, con occhi stretti e vigili, incorniciati da occhiali dalle lenti spesse, ingiallite, che gli conferiscono l'aspetto di una buffa reincarnazione di qualche vecchietto da albo illustrato.

Indossa camicia e pantaloni grigi, di una taglia più grandi, stringe la mano a chiunque, in modo familiare, e tutti lo trattano con rispetto e deferenza.

È Emilio Occhipinti, ai tempi della Dolce vita romana uno dei registi più famosi e rispettati. Un pilastro del cinema in bianco e nero, ritiratosi da tempo.

Occhipinti è stato il primo a dare una chance a Martin, che all'epoca si faceva ancora chiamare Martino Colemanno. Il regista a cui questi doveva, se non tutto, moltissimo.

Vera ricorda uno speciale, visto in televisione, in cui si ripercorreva la sua carriera. Il giornalista che lo aveva intervistato aveva dedicato una buona parte del documentario a fargli domande sul suo rapporto con Martin Coleman.

Dall'infortunio del suo attore protagonista, Gaetano Luigini e l'azzardo di scritturare quel giovane attrezzista toscano dai tratti mediterranei per interpretare Tarzan in *Tarzan, il signore della giungla,* film carente di battute ma saturo di azione e colpi di scena. Era stato un successo e l'agente del protagonista aveva scritturato Martin per recitare in altri lungometraggi sempre dello stesso tenore, dove quello che contava era la prestanza fisica. Martin Coleman era bello e il suo sorriso penetrava la cinepresa.

Sullo schermo erano passate alcune fotografie scattate sul set e Vera aveva visto suo padre giovanissimo, a torso nudo, in compagnia di Emilio Occhipinti che gli indicava che posa mantenere.

Sempre nella stessa intervista il regista aveva detto che lui si era accorto da subito che, oltre alla presenza fisica, c'era una naturale predisposizione alla recitazione, così dopo averlo lasciato libero di girare film in costume se lo era ripreso sotto la sua ala ed era nato il loro sodalizio, che li aveva portati fino all'Oscar per *Come la notte il giorno verrà,* oltre a molti altri film di successo, che avevano fatto scuola.

Martin aveva iniziato ad avere diversi flirt con attrici e ballerine, aveva studiato l'inglese. Faceva spola continua tra Roma e Hollywood.

Il successo gli stava dando alla testa. C'era stato il clamore mediatico delle quattro donne rimaste incinte a pochi mesi l'una dall'altra. Quattro donne arrabbiate con lui, pronte a scagliargli contro avvocati e riviste scandalistiche per farsi riconoscere le figlie. Cosa che lui aveva fatto, ma che non aveva impedito alla sua immagine di rimanerne minata.

Lui e Occhipinti avevano iniziato a trovare sempre meno finanziatori. Erano seguite liti. Incomprensioni.

La Dolce vita romana ormai era un ricordo. Gli anni Sessanta correvano implacabili verso il decennio successivo. Le figlie crescevano e Martin si era lasciato travolgere dagli eccessi. Alcol, droga. Storie sbagliate con donne sbagliate. La sua villa al mare ormai una prigione in cui si era rinchiuso, in attesa, come un cane idrofobo, di qualcuno che potesse procurargli una parte in qualche film per ridargli fama e successo.

Vera rammenta di averlo già visto dal vivo Emilio Occhipinti. Aveva partecipato ad alcune delle feste che organizzava Martin nella sua villa sul mare. Loro erano ancora molto piccole. Poi il giro di amicizie del padre era cambiato: dalle star del *jet set* a poco di buono, speculatori, appartenenti alla malavita.

Provocato da un giornalista che gli aveva chiesto se la sua carriera era arrivata al termine, Martin lo aveva colpito spaccandogli la mascella.

Era finito in prigione per alcuni mesi per lesioni aggravate.

Era stato il colpo di grazia. Nelle estati successive quello che mostrava alle sue quattro figlie era il ritratto di un uomo assente, chiuso nel suo studio o seduto da solo sul bordo della piscina a strimpellare la chitarra.

Poi c'era stato il silenzio. Vera sapeva, sempre attraverso i giornali, che Martin entrava e usciva continuamente da cliniche per disintossicarsi. Il suo patrimonio si era prosciugato. Non lavorava più. Era scomparso dalle scene e dalle loro vite.

Entrano in chiesa.

Si dispongono su due file.

L'interno è modesto: una sola navata e un solo altare davanti al quale c'è un prete grosso e rubizzo pronto a celebrare il rito.

La bara è disposta, chiusa, davanti a lui, tra le due file di banchi.

Vera guarda il trittico raffigurante la Vergine con il Bambino e Santa Lucia conservato alle spalle dell'altare. Le sembra assurdo ricordare suo padre in quel luogo.

Abbassa lo sguardo e giunge le mani.

Il prete inizia a parlare.

Lei non lo ascolta.

Continua a rivederlo smarrito e solo nella grande villa. Ripensa al suo forte senso di disagio nel mangiare con le giovani attricette che si portava a casa, alla freddezza di sua madre, che finché Martin era stato in grado di sostenerla economicamente aveva mandato allo sbaraglio Vera nella casa di un quasi perfetto estraneo e poi, quando era arrivato il tracollo finale, le aveva impedito di recarsi da suo padre. Un atteggiamento comune tra le madri di tutte e quattro le sorelle.

Vera si chiede se non erano state troppo dure con lui. Forse nessuno aveva capito che anche Martin, come tante persone, non riusciva a chiedere aiuto e si era lasciato cadere nel buco nero della disperazione.

La cerimonia si conclude in fretta.

Quattro ragazzi della villa sollevano la bara e conducono la piccola processione nel minuscolo cimitero collocato alla fine di una delle stradelle che si incuneano verso valle partendo dalla piazza.

È un cimitero-giardino, un rettangolo verde cinto da una muraglia sbrecciata e non è facile trovarlo, per chi non è del posto.

Immerso in una fitta vegetazione ricresciuta da decenni di incuria. Gli alberi si sono ripresi la loro rivincita sull'uomo. Alti e scuri abeti che conferiscono una solennità centenaria al luogo.

Sul fondo, una cappella in stile neogotico, con il portone sfondato. Tutto attorno, tra l'erba alta, ombre di lapidi e pietre tombali.

Al centro del piazzale, a fianco di una colonna sormontata da una croce di ferro battuto, piegata dal tempo, rugginosa, è tutto pronto per la sepoltura.

Vera guarda le sorelle, impassibili, mentre due ragazzi della villa adagiano la bara nella fossa.

Il cielo, sebbene non prometta pioggia, è grigio.

Le vanghe si alzano e la terra inizia a cadere sul feretro.

Vera pensa ancora una volta al volto di Martin. È ormai un volto distante, muto. Eppure, da qualche parte dentro di lei, quegli occhi continuano a osservarla, come se lui fosse lì, una persona viva, reale, esistente in un tempo e in uno spazio non troppo lontano dal presente.

Si guarda attorno. Come ubbidendo a un tacito comando, la comitiva si è disgregata. Sono disseminati, muti, in quel piccolo cimitero abbandonato, ognuno perso con i propri pensieri.

La cerimonia si conclude.

La bara è stata coperta dalla terra nera e fresca.

Un loculo e una lapide semplice. La foto di Martin da giovane, in bianco e nero, con il lupetto bianco e la giacca scura che guarda un punto indefinito all'orizzonte. Perché Martin era così, si dice Vera: c'era ma era come se non ci fosse. Era assente, con la testa da un'altra parte.

Il gruppetto dei partecipanti al rito torna sui propri passi, in silenzio.

Le quattro figlie di Martin salutano con una fugace stretta di mano le persone giunte fino lì per ricordarlo.

Emilio Occhipinti le bacia garbatamente sulla fronte, una dopo l'altra, e se ne va accompagnato da una donna sui sessant'anni, probabilmente la figlia, verso una BMW parcheggiata di fianco al bar.

Pino le recupera con il furgone e tornano alla villa.

Pochi scambi di parole.

Preparano le valige in un silenzio innaturale.

Vera scende per prima.

Gian Pucci è seduto nel salone dove si pranza e si cena a bere una tazza di tè.

Lei gli si siede accanto. Si tormenta le mani. Vuole parlargli, ma non sa da dove cominciare.

Lui intuisce e la incalza garbatamente, con quella sua vocina gentile e femminea che contrasta con il suo aspetto ruvido:

— Dimmi cara…

— Ecco io...

— Su, non avere paura.

— Gian, tu sai perché Carlotta ha così familiarità con questo posto? Veniva a trovare Martin?

Gian Pucci diventa pensieroso. Tamburella le dita sul tavolo. Sembra che stia riflettendo se parlare o no.

Fa un lungo sospiro:

— Qualche anno fa ho ricevuto una telefonata a casa mia, a Roma. Era un mio buon amico, un poliziotto che faceva i turni di notte. Aveva sentito in commissariato che una pattuglia era intervenuta in una villa fuori città per la segnalazione di un'overdose durante un festino di calciatori e gente dello spettacolo a base di droga... —

Gian Pucci si sistema gli occhiali sul naso. — Si trattava di Carlotta. L'hanno salvata per miracolo. Ho subito avvisato Martin e lui mi ha ordinato, non mi viene in mente termine più azzeccato, di andarla a recuperare in ospedale appena si fosse ripresa, e di portarla qui, a Villa Monti. Io l'ho fatto, volevo molto bene a vostro padre, lo sai. E ne voglio a voi. Il problema è che non c'era posto. Così Martin ha dato la sua camera a Carlotta e lui ha dormito sul divano. — Gian Pucci indica un vecchio sofà di velluto, mezzo sfondato, addossato alla parete del salone. — Quello... Carlotta è rimasta qui tre mesi, poi da un giorno all'altro se n'è andata senza dare spiegazioni. Ha preso le sue cose ed è scomparsa. Qualche mese dopo ho visto le sue fotografie in compagnia di Rudy Comini, il giocatore di calcio...— Gian si interrompe perché sente delle voci provenire dall'ingresso.

Dopo qualche secondo fanno la loro comparsa Sara, Giulia e Carlotta.

Escono sul piazzale.

Ginevra si è unita per salutarle.

— Non vedo il furgone — dice Sara.

Gian sorride:

— Pino non vi accompagnerà. All'andata si trovava a Roma per caso e gli ho chiesto di passarvi a prendere all'albergo, ma ora è dovuto urgentemente andare a casa. Abita a L'Aquila. È rimasto solo per il funerale. Conosceva Martin, erano amici.

— Oh, cazzo! — sbotta Sara.

— E noi come torniamo? — chiede Giulia, incredula.

— Con questa... — dice Gian Pucci tirando fuori dalla tasca dei pantaloni una chiave con l'emblema di un giaguaro.

— La Jaguar di Martin? — esclama Sara.

Lui non risponde, camminano alla sinistra della casa, passano davanti alla serra e si fermano davanti al capannone aperto. Gian Pucci toglie il telone da una superficie che all'apparenza appariva una grossa catasta di legna, e compare la Jaguar XJ bianca di Martin.

Vera ha un tonfo al cuore nel rivedere quell'auto.

Martin appariva e scompariva dalle loro vite su quella macchina.

Era un rito. All'inizio dell'estate sua madre la metteva sul treno per quel luogo di villeggiatura alle porte di Follonica. E Martin andava a prenderla in stazione a bordo della Jaguar, dopo aver già fatto la spola, avanti e indietro dal paese alla villa altre tre volte. Di solito arrivavano tutte e quattro lo stesso giorno. Prima Carlotta, poi Giulia, Sara e infine lei.

Provava sempre la sensazione di essersi persa un piccolo pezzo di intimità con quella sua strana famiglia estiva. Erano solo una manciata di ore ma che lei viveva come un furto, come se non avesse il diritto di far parte della complicità dei Colemanno.

Succedeva anche quando era ora di tornare a casa. Il primo treno in partenza era sempre il suo. Altri attimi rubati alla sua appartenenza a quella stramba comunità.

Ognuna di loro aveva un posto preciso su quella macchina quando Martin le portava a fare sporadici giri nei dintorni della villa.

Carlotta sedeva davanti, al posto del passeggero, e sui sedili posteriori Giulia stava in mezzo, Sara a sinistra e Vera a destra.

— C'è benzina. L'ho usata io poco tempo fa. Martin mi ha chiesto di prendermi cura della macchina — dice Gian Pucci.

— E perché non lo fai? — domanda Sara.

— Lo sto facendo, affidandola a voi. Potete lasciarla all'*Albergo della Luna*, dove vi siete incontrate per venire qui. Passo spesso e il concierge, il signor Fabrizio, è un mio amico. Se nessuna di voi vuole tenerla la farò sistemare in un deposito. Qui, comunque, rischia solo di rovinarsi, e Martin non vorrebbe questo. — Gian Pucci non le lascia replicare. Le aiuta, insieme a Ginevra, a sistemare le valige nell'ampio portabagagli e stringe loro la mano. — Fate un buon viaggio. Spero di rivedervi qualche volta. Qui sarete sempre le benvenute.

Ginevra le saluta con un cenno della mano, poi si avvicina a Carlotta e l'abbraccia:

— Abbi cura di te.

Si siedono rispettando le vecchie postazioni, come se fossero tornate bambine: Giulia e Vera dietro, Carlotta al posto del passeggero e Sara, mancando Martin, prende le chiavi e si nomina autista.

— Perché tu? — chiede Giulia.

— Da bambina la guidavo.

— Da bambina facevi finta di guidare, e lo facevi quando Martin non ti vedeva.

— Ok. Ho la patente. C, D ed E. Direi che sono la più qualificata. Va meglio così?

— Che signorina… — commenta Carlotta.

— Beh, io sarò esperta di motori, ma in fatto di sedili ribaltabili sei tu la regina — risponde Sara in modo acido, mettendo in moto.

— Stronza.

Si lasciano alle spalle la villa. Quel luogo silenzioso e pacifico dove Martin ha deciso di isolarsi, in pace, e morire.

Passano per la frazione di Casali e i pochi abitanti sulla piazza guardano incuriositi e ammirati la splendida automobile d'epoca.

— Siamo venute da destra o sinistra? — domanda Giulia, al primo bivio che incontrano.

— Non mi ricordo. Naturalmente cartelli stradali non ce ne sono. E poi a cosa servirebbero? Questi montanari sono analfabeti — sbotta Sara allungandosi verso il cassetto sotto il cruscotto. — Ehi, bionda, guarda se lì dentro c'è una mappa.

— Smettila di chiamarmi così.

— C'è o non c'è una cartina stradale?

— Sì.

— Sei capace di leggerla o no?

Vera guarda Giulia un po' preoccupata, sente la tensione salire.

Carlotta apre la piantina e cerca di capire dove si trovano.

— Allora? — domanda Sara.

— Devi andare a destra e poi troviamo la strada per Cartore.

Sara rimette in moto. Guida in modo spericolato giù per i tornanti. Suona il clacson a ogni curva.

— Adesso?

— Destra.

— Sicura?

Carlotta sbuffa e non risponde.

La strada si stringe. Passano sotto gallerie di rami d'alberi. La Jaguar colpisce un masso e sobbalzano.

— Io questa strada non me la ricordo — dice Giulia.

Vera guarda fuori dal finestrino cercando di focalizzare qualche particolare del paesaggio, ma intorno è tutto verde. Faggi, arbusti, folti cespugli.

Poi la macchina si ferma di colpo. Le ruote slittano sul selciato e fanno schizzare pezzi di asfalto friabile intorno.

Davanti a loro una cancellata arrugginita chiusa. Oltre, sterpaglie.

Sara colpisce due, tre volte il palmo della mano sul volante:

— Cazzo! Cazzo! Cazzo! Lo sapevo che non c'era da fidarsi di te!

— Ma che vuoi? Lasciami perdere! — sbotta Carlotta.

— Guarda dove siamo! In mezzo al nulla! Sei un'incapace, non sei neanche in grado di leggere una piantina stradale!

— Se tu fossi andata più piano forse questo casino potevamo evitarlo...

— Sei un'incapace!

— Stronza.

— Mai una volta che si possa contare su di te. Sei un'egoista che pensa solo a se stessa. Credi che il mondo giri intorno a te e non ti preoccupi delle conseguenze delle tue azioni. Giochi, con superficialità, con la vita degli altri.

— Smettila...

— Incapace!

Carlotta scende dall'auto sbattendo lo sportello.

Sara, come una molla, scatta anche lei all'esterno.

Vera e Giulia si guardano. Perplesse e allarmate. Aprono le portiere ma non sanno se scendere per provare a calmarle.

Sara e Carlotta sono una di fronte all'altra, discutono.

— Andiamo — dice Giulia.

Escono e si avvicinano alle sorelle.

— Perché l'hai fatto? — sta domandando Sara, con una voce rabbiosa. — Perché proprio lui? Potevi avere chiunque. Perché proprio Guido? Il mio Guido?

Carlotta resta in silenzio. Si sistema nervosamente gli occhiali da sole. Ha il viso abbassato, evita il contatto visivo.

— Ma cosa è successo, Sara? Di cosa parlate? Chi è Guido? — chiede Giulia.

— Spiegaglielo tu, bionda, se hai coraggio! — sbotta Sara.

Carlotta volta il viso dall'altra parte.

Sara scuote la testa, disgustata:

— Ve lo spiego io il capolavoro di vostra sorella, l'egoista bastarda. Stavo con un ragazzo, Guido, ci saremmo dovuti sposare. Charlotte, — enfatizza sul nome in modo dispregiativo — era a Milano. Ci sentivamo in quel periodo, non immaginavo di avere una vipera in seno... l'ho invitata a una festa con dei nostri amici, in un locale. Abbiamo bevuto un po' e poi, d'improvviso non ho più visto Guido. Sono andata a cercarlo e chi ti vedo sgusciare fuori dal bagno degli uomini se non questa stronza? Aveva il rossetto sbavato, aveva... e dopo di lei ecco che esce anche Guido... questo è capace di fare vostra sorella... e io li ho mandati a fanculo tutti e due.

— Ho provato a spiegarti...

— Non ci provare, Carlotta... non ci provare...

Carlotta rialza il capo:

— Vedi come sei fatta? Non lasci alle persone modo di spiegare... le aggredisci!

— Povera santarellina.

— Tu non vuoi ascoltare la mia versione perché hai paura di sentire la verità, Sara. Ero un po' alticcia quella sera, è vero... il bagno delle donne era fuori uso e sono entrata in quello degli uomini. Lui era lì, ed era ubriaco. Mi è venuto addosso e ha iniziato a strusciarsi contro di me. Mi diceva porcherie. "Sei la sorellastra maiala di Sara"... "Fammi vedere il culo che ti fotografano per le pubblicità"... ha cercato di baciarmi e di sollevarmi la gonna. L'ho spinto via e sono uscita... ecco come è andata, ma tu non hai pensato nemmeno un istante che il vero stronzo fosse lui... perché io sono solo una puttanella da riviste scandalistiche, non è così? Non sai come questo mi abbia ferito. Non da te, Sara, non da te, cazzo... sei sempre stata dalla mia parte, non ti avrei mai fatto un torto. Volevo chiederti di accompagnarmi ad abortire il giorno dopo, me la stavo facendo sotto dalla paura, mi vergognavo... non sapevo a chi chiederlo se non a te e tu... tu mi hai voltato le spalle e cancellato dalla tua vita... — Carlotta inizia a singhiozzare. Si allontana, va a sedersi su un tronco abbattuto di un grosso albero e si mette le mani fra i capelli.

Giulia le si avvicina, si china e l'abbraccia forte.

Sara è bloccata. È rossa in viso, impietrita.

Vera fa due passi verso di lei, ma non sa come affrontare la situazione. Vorrebbe essere utile, rimane in silenzio.

Sara respira profondamente e guarda Carlotta.

Con passi lunghi e pesanti si dirige da lei:

— Sono una merda… sono una sorella di merda.

— Sei una stronza di merda... — rincara Carlotta, con la voce rotta dai singhiozzi.

— Ti chiedo scusa.

— Stronza...

— Vieni qui — Sara la prende e la solleva, poi se la stringe tra le braccia.

Carlotta rimane rigida, poi si lascia andare e la abbraccia come se non volesse più lasciarla andare via.

Vera, vicina alla macchina, osserva la scena.

Le vede tornare verso di lei come quella notte sulla spiaggia, tanti anni prima. Unite da un legame tutto loro, che lei non ha mai avuto con nessuno. Un legame di odio e amore profondo.

Salgono in auto.

Carlotta tira giù lo specchietto, prende un fazzoletto dalla borsetta e si sistema il trucco.

Vera sente un forte senso di nostalgia.

Vorrebbe rimanere con loro, non vuole separarsene.

Osserva la natura che le circonda. Quel paesaggio rupestre, millenario. Ancestrale.

Ci sono molte cose che hanno un senso anche a prescindere dall'uomo, pensa. Un albero resta un albero, e fa la sua vita, che tu ci sia o non ci sia. Ma altre cose invece no. Una casa... una casa, per esempio, ha bisogno di chi la possa far vivere, standoci dentro. Senza chi la abita, la casa perde di senso, e muore. Certe abitazioni sono luoghi della memoria. Se nessuno va più a ricordare chi ci viveva la casa diventa uno spazio morto, in tutti i sensi. E non c'è niente di più triste di una casa dimenticata.

Apre la bocca e pronuncia una frase che nessuna di loro si sarebbe aspettata, lei per prima:

— Andiamo alla villa sul mare, a Martin avrebbe fatto piacere.

Le altre si voltano a guardarla, stupefatte.

Dopo qualche secondo di silenzio è Carlotta a parlare:

— Devo essere lunedì a Roma per una comparsata in televisione...

— Ti porto a Roma per tempo — dice Sara. Sul volto le è comparsa una smorfia gaudente. — Giulia, tu hai problemi?

— Sono murata in quella casa tutto l'anno, se anche ci sono dei problemi se li risolveranno da soli.

— Va bene... ok. Andiamo — dice Carlotta con un sorriso, il primo da giorni.

— Senza offesa ma faccio io da navigatrice — dice Giulia, sporgendosi tra i due sedili anteriori.

Sara, fa una manovra a U, ingrana la marcia e la Jaguar riparte verso la valle.

Tiene un'andatura costante.

— Destra... sinistra... giù per quella strada...

Arrivano alla statale senza intoppi.

— Ora sempre dritto fino al casello autostradale. Poi da lì ritorni verso Roma e prendi la E45 verso Orte. — Giulia fruga dentro la sua borsetta e prende una cassetta. — Metti su questa, per favore?

Carlotta la inserisce nell'autoradio.

— No, ancora Vasco! — scherza Sara, sentendo le prime note.

— Zitta... *voglio una vita maleducata, di quelle vite fatte, fatte così... voglio una vita che se ne frega, che se ne frega di tutto sí!*

— Sei pessima — commenta Carlotta che si sostituisce:

— *Voglio una vita che non è mai tardi, di quelle che non dormono mai, voglio una vita di quelle che non si sa mai...*

Vera e Sara si uniscono in quello che sembra un tributo a Martin Coleman:

— *Poi ci troveremo come le stars, a bere del whisky al Roxy bar, o forse non c'incontreremo mai, ognuno a rincorrere i suoi guai, ognuno col suo viaggio, ognuno diverso, e ognuno in fondo perso dentro i fatti suoi!*

Il cielo è azzurro, ora. E la Jaguar sfreccia su un'autostrada dal manto pulito.

Vera canta ed è commossa.

È insieme alle sue sorelle.

Ridono.

Le sente vicine. Insostituibili.

Si chiede ancora una volta, l'ennesima, perché non abbiano continuato a vedersi in tutto questo tempo.

Le decisioni, a volte, possono risultare fatali.

L'importante, si dice Vera, è cercare di riannodare i fili che ci danno linfa. Provare ad andare avanti con meno rimpianti possibili.

"Voglio una vita... vedrai che vita vedrai...".

La macchina, satura di emozioni, prosegue la sua corsa verso nord.

Verso il mare, a dare ossigeno a una casa per troppo tempo rimasta agonizzante.

11

Arrivano alla villa di Martin mentre il riverbero di fuoco del tramonto si scontra con la superficie del mar Tirreno.

Hanno mangiato qualcosa, fugacemente, nel pomeriggio, in un autogrill dalle parti di Monterotondo. È stato il primo pasto della giornata, dopo la colazione, e le quattro donne hanno divorato i panini in pochi attimi.

Il sole cade all'orizzonte e tinteggia di carminio e cremisi i muri della villa.

Vera la ricorda con gli occhi della ragazzina. Adesso l'abitazione le sembra più piccola, una semplice villetta bianca a un piano con il tetto spiovente, simile a una *fazenda* da telenovela ma di dimensioni ridotte.

Il portico è invaso da un'edera rampicante. Il giardino, lasciato in stato di abbandono, è un groviglio di erba alta e arbusti. Il sentiero acciottolato che conduce alla spiaggia privata è coperto dal muschio. Sul fondo della piscina, vuota, si è formato un mosaico di foglie, cadute dai rami degli alberi che la circondano.

Non si odono rumori, suoni, eccetto il costante e lieve sciabordio delle onde flessuose.

Carlotta va sul retro e, dentro la casetta degli uccellini che da quanto Vera ricordi è sempre stata lì, collocata su un trespolo vicino alla finestra del bagno, estrae una chiave attaccata a una catenella.

Si mettono in fila, tutte dietro a Carlotta. Ognuna con le proprie aspettative, le proprie ansie.

La chiave nella toppa gira senza problemi.

Carlotta gira la maniglia e la porta si spalanca.

Ecco lì quel loro piccolo mondo antico che da dieci anni non vedono.

C'è odore di chiuso, di polvere.

Entrano nelle stanze, vogliose di riappropriarsi del loro passato.

Spalancano le finestre di quella che era la loro camera, del salone e della cucina.

Giulia prende in mano la situazione, rodata da anni come madre. Ordina a Sara e Carlotta di cercare nell'armadio delle lenzuola pulite e di preparare i letti, mentre lei e Vera andranno giù in paese a comperare qualcosa per cena.

Camminano in silenzio, lungo la strada fiancheggiata da pini.

— Quelle due, insieme, sono davvero dinamite — dice Giulia all'improvviso.

Vera annuisce, poi guarda il profilo della sorella. Il solito sorriso sereno e rassicurante:

— Tu hai più avuto rapporti con loro o con Martin dopo quell'ultima estate?

— Qualche giorno dopo che è nato Matteo, sei anni fa, ho ricevuto una telefonata. Dall'altro capo della linea il silenzio. Ho chiesto chi fosse, ma nulla. Sentivo solo un respiro, affannoso, costante. Poi Matteo ha iniziato a piangere e ho messo giù. Ho sempre pensato fosse Martin, o così mi piace credere... con Sara e Carlotta, lo sai, non ho mai avuto molto in comune e no, non ci siamo più sentite da allora. — Giulia si volta verso Vera. — E mi dispiace, perché gli voglio bene, e pensandoci ora, con il senno di poi, credo di non aver capito che invece siamo tutte e quattro molto simili. Abbiamo un legame speciale.

— Anche a me dispiace di non avervi più cercato... forse la mia vita sarebbe stata diversa se avessi avuto il coraggio di alzare la cornetta e chiamarvi... non ho combinato nulla di buono: non ho un lavoro che si possa chiamare tale, non ho un uomo... cioè, ce l'ho ma non ce l'ho... torno a casa la sera e sono da sola. Ultimamente mi stanno venendo anche gli attacchi di panico. La prima volta mi sembrava di morire. Ero nel letto, in dormiveglia. Mi ha colto all'improvviso. Ho avuto paura di addormentarmi, per giorni...

— C'è qualcosa in particolare che ti preoccupa?

— Ho un senso di vuoto che mi opprime, a volte. Sento una mancanza incolmabile. Mia madre è una donna egoista e accentratrice... l'uomo con cui sto è assente come lo era Martin... forse cerco di colmare il vuoto che lui ha lasciato. In cuor mio ho sempre pensato che non gli importasse nulla di noi... e soprattutto di me. Forse era deluso, non ero all'altezza delle sue aspettative.

Giulia si ferma e le prende con dolcezza una mano:

— Non dire sciocchezze, Vera. Devi sentirti all'altezza per te stessa, non per gli altri... — Sorride. — Sai qual è un buon modo per non sentirti sola? Vieni a farmi da babysitter un pomeriggio e vedrai come lo riempiamo subito quel vuoto.

Il viso di Vera si apre in un'espressione di gioia e serenità.

— E adesso, fifona, andiamo a vedere se c'è ancora la drogheria dove comprare qualcosa.

Il paese è come Vera se lo ricorda. La gelateria. Il bar. Famiglie con bambini, ancora pochi essendo la vigilia della stagione estiva. Quasi la sensazione che il tempo lì, si sia fermato.

Trovano la drogheria e comprano pane fresco, sottaceti, affettati, una torta confezionata, una confezione di caffè solubile, un pacco di zucchero e due bottiglie di vino bianco.

Quando rientrano trovano la luce della cucina accesa e Carlotta che sta lavando, con una spugna, dei piatti di ceramica.

— Credo che dovremmo ringraziare il Gian — dice Sara, seduta a tavola a fumare una sigaretta. — C'è la luce, c'è l'acqua e c'è anche il gas. Immagino sia stato lui a pagare le bollette per tutto questo tempo... probabilmente sperava che prima o poi qualcuno tornasse nella casa di Martin.

Preparano la frugale cena e si siedono a tavola a mangiare. Bevono il vino, tutte e quattro, e ben presto l'atmosfera si fa spensierata.

Ripensano a tutte le "fidanzate" portate da Martin in quella casa e ai versetti di piacere che facevano la notte.

Vera ricorda che, quando erano bambine, a turno, andavano a origliare alla porta della camera del padre, incuriosite da quei suoni.

Iniziano a prendere in giro la ballerina brasiliana che sembrava una scimmietta, l'attrice con le labbra rifatte, ameba di giorno e posseduta dal demonio quando si sdraiava a letto.

Ridono e gesticolano. Giulia fa l'imitazione della ninfetta che uggiolava come un cagnolino per poi esplodere in un ululato in crescendo, da lupo mannaro.

— Giù alla drogheria avete preso del liquore oltre al vino? — chiede Sara, asciugandosi gli occhi umidi a forza di ridere e indicando le bottiglie di vino vuote.

— No... — dice Giulia, ricomponendosi.

— Forse c'è qualcosa nello studio di Martin. Vi ricordate? Aveva sempre la riserva speciale — dice Carlotta, iniziando a sparecchiare.

Vera, che è la più vicina alla porta, si alza:

— Vado io.

Percorre il corridoio e arriva allo studio. Non sono ancora entrate da quando sono arrivate alla villa.

Ha il batticuore. In quella stanza, a loro, era proibito entrare perché Martin ci teneva anche, nel cassetto, una pistola.

Gira la maniglia ma la porta è chiusa a chiave.

— È chiusa! — urla Vera in direzione della cucina.

Carlotta si affaccia:

— Prova sotto quei libri, lì sullo scaffale. Di solito la chiave la teneva lì.

Obbedisce. Si tratta di vecchi volumi impolverati degli anni Cinquanta. Classici della letteratura. Inizia a sollevarli fino a quando non trova la chiave sotto a *Delitto e castigo*.

Apre la serratura un po' a fatica.

La porta finestra è rivolta verso il mare e oltre la vetrata è incorniciata una gialla e imponente luna piena.

Accende la luce, ma la lampadina pulsa a intermittenza, fatica qualche secondo prima di prendere forza e di assestarsi su un chiarore giallognolo.

Vera si dirige verso la vetrinetta dei liquori. Ci sono diverse bottiglie. È indecisa, non è un'intenditrice. Ne prende una di scotch, si volta e nota una scatola malconcia per terra, vicino alla scrivania.

Si china e la apre.

Dentro c'è l'Oscar vinto per l'interpretazione di *Come la notte il giorno verrà*.

Soppesa la statuetta tra le mani. La rigira.

L'aveva già vista, da piccola, sulla mensola insieme alle altre glorie di Martin, ma non se n'era mai interessata troppo.

Se l'immaginava più pesante.

Una volta aveva visto la registrazione della premiazione. Il discorso di Martin era stato conciso e asciutto, niente di troppo emotivo. Aveva ringraziato la produzione, il regista, i genitori, il suo agente e il suo pubblico. Il suo sorriso era rimasto malinconico anche quando nella sala tutti si erano alzati ad applaudirlo. Era poi tornato al suo posto, stringendo alcune mani e abbracciando Emilio Occhipinti.

— Vera, non ti starai scolando la bottiglia da sola! — urla Sara dal corridoio.

— Arrivo! — dice, alzandosi e riprendendo la bottiglia di scotch che aveva appoggiato a terra, di fianco alla scatola. Il suo sguardo cade sulla mensola dove un tempo era in bella vista l'Oscar, di fianco alle quattro riproduzioni da poche lire con la dicitura in plastica "Al miglior papà" che avevano comprato tutte insieme al mercatino del paese quando avevano otto anni.

Vera guarda, ora, e ha un sussulto.

Lascia la presa e la bottiglia precipita.

Si frantuma, in mille pezzi, sul pavimento.

Il liquore si spande come un piccolo lago ambrato intorno ai suoi piedi.

Passi nel corridoio.

Presenze familiari intorno a lei.

— Vera, che succede? Hai forse... — Sara smette di parlare. Guarda anche lei quello che sta osservando la sorella, a bocca aperta.

Carlotta e Giulia sono di fianco a loro, altrettanto incredule.

Sulla parete, un tempo l'orgoglio storicizzato di Martin Coleman, tappezzata di foto con divi di Hollywood, celebrità dello spettacolo e targhe di premi internazionali, ora c'è ben altro.

Disegni fatti dalle figlie quando erano bambine. Loro fotografie che testimoniano la crescita dalla fanciullezza all'età adulta. Ci sono riproduzioni di diplomi, lauree, articoli di giornale che parlano della breve carriera di Carlotta. La pagina di Mondo Trasporti in cui si vede il viso di Sara e dietro una fila di container navali con la dicitura "Alla conquista dell'Oriente".

Ci sono fotografie di Giulia con i suoi tre bambini.

Vera vede, addirittura, un suo scatto fatto qualche anno prima, durante il matrimonio di una cugina, quando il rapporto diretto con con suo padre si era ormai concluso.

Sara si avvicina alla scrivania di tek levigato. È sgombra, tranne per una videocassetta:

— Intervista Coleman. 10 luglio 1989 — legge, ad alta voce. — È di due anni fa.

— Non sapevo avesse rilasciato interviste negli ultimi anni — dice Giulia, continuando a guardare la foto che la ritrae con i suoi figli. — Sistemiamo il casino che ha combinato Vera e poi la guardiamo?

— Ovvio — asserisce Sara.

Raccolgono i cocci e asciugano lo scotch con degli stracci.

Carlotta accende la televisione e il videoregistratore e inserisce la videocassetta.

Si siedono sul divano di pelle dello studio, in attesa. Strette le une contro le altre.

Nell'aria un forte odore di liquore. Pungente.

Si tratta di un montaggio approssimativo di quello che doveva essere, probabilmente, nelle intenzioni del regista, un documentario sulla carriera di Martin Coleman.

Lui è seduto sullo stesso divano dove sono sedute ora le sue figlie. Ha la faccia stanca e scavata. Solo gli occhi gli brillano di una fiamma di ribellione mai sopita nel tempo.

La voce di un uomo, fuori campo, gli chiede aneddoti e impressioni sui suoi lavori più importanti. Ci sono spezzoni tratti da *L'uomo di domani, Cascate di diamanti, Eterna follia* e, naturalmente, da *Come la notte il giorno verrà,* il suo maggiore successo.

Quando l'inquadratura torna sul viso di Martin la sua bocca si muove lenta. Cerca le parole. Con estrema onestà, senza fronzoli, parla dei suoi rapporti con i registi e con i colleghi. Con la stampa e le persone dietro le quinte, quelli come lui tanto tempo prima, prima che Emilio Occhipinti non gli avesse dato la grande possibilità di diventare un attore tra i più famosi e rappresentativi di un'epoca.

Improvvisamente l'intervistatore mette da parte le domande sul cinema per gettarsi sulla sfera privata:

— Che rapporto ha con le sue figlie?

Le quattro donne sedute una di fianco all'altra, all'unisono, come comandate da fili invisibili, si piegano in avanti per ascoltare meglio.

Martin fa un sorriso. Guarda in camera:

— Le mie figlie sono ciò che di meglio ho fatto nella vita, i miei unici, veri successi. Sono delle ragazze straordinarie, ognuna con le proprie fragilità e i propri punti di forza... Carlotta ha un talento innato per la recitazione ed è troppo orgogliosa per chiedere il mio aiuto. È testarda, vuole farcela con le sue forze. Non dà retta a nessuno, molti dicono che questo aspetto del suo carattere l'ha preso da me. — Martin ride. — Poi c'è Giulia, lei è la bontà... è l'allegria fatta a persona... ha il dono di rendere anche le cose più spiacevoli e dure momenti di gioia... Sara invece è una tosta, è una leader, è nel suo DNA. Le persone l'ascoltano e la seguono perché è carismatica. Giovanissima, porta avanti un colosso dei trasporti con una sicurezza da fare invidia a imprenditori navigati... infine c'è Vera... lei è... è come una Primula veris, la Vera Primavera... è un fiore semplice e delicato. È nata prematura di un mese. Ricordo di aver lasciato le riprese di un film a metà per correre in ospedale. Era piccolissima, mi stava su una mano. Indifesa, fragile... ero diventato padre già tre volte quell'anno, ma ero troppo confuso dai riflettori, dal mio ego... quando ho visto Vera, quel corpicino che mi stava sul palmo, ho capito di essere piccolo così. — Martin unisce il pollice e l'indice verso la telecamera.

— Mi risulta, però, che lei non veda le sue figlie da molto tempo.

Martin si accende una sigaretta e sputa il fumo in alto:

— Credo che sia peggio fare male il genitore, che non farlo affatto. Quando ho capito di essere un rischio per la crescita delle mie figlie ho preferito non coinvolgerle nella mia esistenza caotica. Ho commesso molti sbagli in quegli anni, la droga, l'alcol, ho cercato di ripulirmi... niente, ci sono sempre ricaduto... — Fa un lungo tiro, guarda la sigaretta fumante, contemplativo. — Sono sicuro di aver fatto la cosa giusta. Vedendole oggi...

Il servizio si interrompe.

Lo schermo della televisione diventa una coltre di puntini grigi.

Silenzio.

Le quattro donne sono immobili. Continuano a fissare il televisore in attesa di qualcosa.

Quando si rende conto che non ci sarà il seguito, Sara si alza, va all'armadietto dei liquori e prende un'altra bottiglia di scotch e quattro bicchierini di vetro. Li appoggia sulla scrivania e li riempie. Poi li porge alle sorelle:

— Il premio per il miglior padre non protagonista va a... Martin Coleman. — E butta giù il contenuto del suo bicchiere.

— A Martin — fanno coro le altre.

Brindano con le lacrime agli occhi.

12

Arrivano a Roma nel primo pomeriggio.

Hanno dormito nella loro vecchia camera. All'esterno il frangersi delle onde a riva.

Commosse, intontite, confuse si sono sdraiate, forse con la convinzione di passare una notte in bianco, ma la confessione di Martin le ha come liberate di un peso. Le ha fatte sentire più leggere, e il sonno è arrivato subito.

Si sono svegliate in tarda mattinata. Hanno bevuto il caffè solubile, mangiato un po' di pane e poi, dopo aver sistemato la cucina se ne sono andate.

Nessuna di loro ha accennato a vendere la casa o metterla in affitto.

Una volta giunte alla Città Eterna l'antico rituale si ripete: la prima a scendere dalla Jaguar alla fine del tempo trascorso insieme è Vera.

Sara porterà poi Giulia alla stazione e Carlotta in un albergo di Prati, per prepararsi alla sua comparsata nella trasmissione televisiva dove è stata chiamata come ospite. Hanno deciso che la Jaguar la terrà Sara. Andrà con quella all'aeroporto per poi farla trasferire, attraverso i suoi canali, nel garage che ha fuori Milano dove sono parcheggiate altre auto d'epoca che la sua famiglia colleziona da decenni, così da tenere il gioiellino di Martin in buone condizioni.

Si abbracciano lungamente davanti alla Panda di Vera. Si promettono di sentirsi, di rimanere in contatto. Una scena che si è già svolta, in un altro luogo, in un'altra epoca. Un giuramento che non è stato mantenuto.

Vera si appoggia alla fiancata della Panda e guarda la Jaguar procedere verso corso Vittorio Emanuele, svoltare e scomparire dietro l'angolo.

Il viaggio in direzione di Anguillara Sabazia è frustrante e malinconico.

Quando entra nel suo piccolo monolocale butta il borsone a terra e si siede in poltrona.

Guarda l'orologio e poi il telefono. Vorrebbe telefonare a Paolo. Le ha detto di essere tornato la sera precedente da Teramo. Ma è domenica, sarà a casa con sua moglie e i suoi figli.

Vera sospira:

— Bentornata alle vecchie abitudini — mormora, tra sé e sé.

Passa la giornata a fare il bucato e a ripensare ai due giorni passati con le sue sorelle.

Si sente vuota. Stanca.

Alla sera chiama sua madre per chiederle come sta. Nonostante abitino a pochi chilometri l'una dall'altra si vedono pochissimo.

Sua madre non le chiede nulla del funerale.

Vera vorrebbe farle mille domande. Come faceva Martin ad avere una sua fotografia da adulta? Avevano mantenuto i contatti a sua insaputa?

Ma non ha il coraggio di chiederle nulla. Sua madre le parla della gita che ha fatto con il compagno al Lago di Vico, ospiti di amici altolocati proprietari di un Country Club. Poi, con la sua solita freddezza chiude la comunicazione.

Il giorno dopo, al mattino, riprende il suo posto nell'ufficio nella ditta di cosmetici.

La sua scrivania è sommersa di ricevute, fogli da compilare, moduli da trascrivere.

Sa di essere sottopagata e che non c'è nessun futuro in quella sua occupazione di mezza giornata. Le due colleghe con cui divide la stanza sono due quarantenni del posto che non hanno mai visto di buon occhio la "forestiera", convinte che prima o poi possa rubar loro il lavoro. Ma Vera è stata assunta per essere, e rimanere, l'ultima ruota del carro.

Alle due del pomeriggio torna a casa, dopo aver comprato insalata, uova e pane al supermercato.

Paolo le telefona mentre sta lavando la lattuga.

Non le chiede nulla del fine settimana, ma si lamenta del caldo che faceva a Teramo e della noia domenicale in famiglia.

"Lei è come una Primula veris, la Vera Primavera. È un fiore semplice e delicato". Così pensava Martin, suo padre, di lei. E coltivava quei fiori, alla Villa Monti...

Semplice e delicata...

Semplice e delicata...

Semplice e deli...

— Vera, ci sei?

— Sì, scusa...

— Non riesco a passare oggi. Nemmeno domani. Ci vediamo mercoledì a casa tua, sto lì un paio d'ore. Aspettami.

— A che ora?

— Non lo so, non farmi queste domande. Verso sera, ok?

— Va bene...

— Ora vado che mi aspettano in ufficio.

— Ciao...

Ma la comunicazione è già stata interrotta.

Vera finisce di lavare l'insalata. Si siede a tavola, sola, e mangia due-tre forchettate.

Mette il tutto in frigorifero e si stende sul divano, a riposare.

Un sonno nero, senza stimoli. Senza nessuna luce.

Di nuovo in piedi.

Di nuovo sera.

Una doccia.

Il proprio volto allo specchio.

Una contemplazione di se stessa che non lascia traccia di aggettivi di autocompiacimento.

Riprende l'insalata dal frigo.

Fa bollire due uova, poi le raffredda sotto l'acqua corrente, le taglia a spicchi e le unisce alla lattuga.

Si rannicchia sul divano a mangiare.

Si sente sola.

Un senso di oppressione sul petto.

Il respiro si fa pesante.

Sta per aggredirla, ancora una volta, il panico.

Squilla il telefono. È un tuono che la desta.

Appoggia a terra l'insalatiera e si alza per rispondere:

— Pronto? — La sua voce è in affanno.

— Vera, sono Giulia.

— Giulia, che sorpresa, io...

— Accendi la televisione e metti su Italia 1! Presto!

Vera si allunga verso l'apparecchio, spinge il pulsante e poi cerca il canale.

È un salotto dalle pareti rosa.

C'è una conduttrice famosa per i suoi servizi scandalistici seduta su una poltroncina dello stesso colore dei muri e, di fronte a lei, gli ospiti. Cinque uomini e donne, meteore dello spettacolo, dai pettorali scolpiti o le gambe scoperte.

Tra loro c'è Carlotta. Indossa una sobria camicetta azzurra, dei pantaloni neri e degli eleganti mocassini di cuoio.

— Quindi, Charlotte, la storia di Rudy Comini deve averti terribilmente sconvolto. So che ti sei addirittura trasferita a Udine e che siete stati insieme per quasi due anni, più una pausa qui, una pausa là... — La conduttrice gesticola con la mano. Qualcuno degli ospiti sghignazza. — Cosa hai provato quando hai visto le fotografie di Rudy in atteggiamenti intimi, diciamo così, con Maxima

Montero, la modella dominicana che sta avendo successo internazionale?

La telecamera inquadra il viso di Carlotta. Sembra sereno. Il trucco è impercettibile. I suoi occhi, come quelli di Martin, sono quelli di una persona caparbia, piccole fiamme brillano nelle sue pupille:

— Voglio essere sincera con te, Lorella: non me ne importa nulla. In questi giorni, come avrai sentito dai telegiornali, è venuto a mancare mio padre, Martin Coleman, e sono stata al suo funerale. È stata l'occasione di riavvicinarmi alle mie sorelle... alla mia famiglia. Per quanto riguarda Rudy posso dirti che le sue doti le si possono apprezzare solo sul campo, quando non è in panchina.

Gli altri ospiti ridono.

— Hai dei progetti per il futuro?

— Intendi in televisione o per qualche campagna pubblicitaria?

La conduttrice fa un'espressione come per ricordarle che una come lei non potrebbe fare altro che mostrare sedere o cosce:

— Certo.

— Nessuno. Però mia sorella Sara ha bisogno di una mano per le relazioni pubbliche della sua azienda. È una proposta che mi ha elettrizzato. Penso che accetterò. Nella nostra famiglia c'è spazio per una sola stella e quella era nostro padre.

— Vera, ci sei?

— Sì...

— Lo hanno deciso dopo che ti abbiamo salutato. Glielo ha proposto Sara e Carlotta ha detto subito sì. Te l'ho detto: insieme quelle due sono dinamite.

— ...

— Come è stato il ritorno a casa?

— Il solito...

— Il solito?

— Sì, più o meno...

— Domani i miei figli finiscono la scuola e l'asilo. Pensavo di andare a prendere i bambini e portarli alla villa sul mare. Ho bisogno di prendere una distanza da Nicola, mio marito. Capire cosa fare del nostro matrimonio. Carlotta e Sara non hanno problemi, ne abbiamo parlato. Probabilmente passano il fine settimana a salutare.

— Sì, certo, per me va bene, non c'è bisogno che mi chiedi il permesso di usare la casa.

— In realtà volevo domandarti se volevi stare con noi, i bambini fanno un po' tribolare, ma sono bellissimi. Diego ti assomiglia anche un po'... è il più fifone dei tre.

Vera può immaginare il sorriso rassicurante e buono di Giulia dall'altra parte della cornetta.

Rimane spiazzata.

Guarda un punto fisso della parete di fronte a lei.

Una parete bianca, anonima.

Pensa all'appuntamento di mercoledì con Paolo. Forse alle sette, forse alle otto, forse alle nove. Forse una sua telefonata potrebbe annullare l'incontro per qualche impedimento casalingo.

"Lei è come una Primula veris, la Vera Primavera. È un fiore semplice e delicato"...

— Scusami, forse sono stata troppo impulsiva — dice Giulia. — Se ho sbagliato a chiedertelo mi dispiace.

— Affatto. Ne sarei felice.

Stampato per Koi Press da CreateSpace.com

www.ingramcontent.com/pod-product-compliance
Lightning Source LLC
LaVergne TN
LVHW091516170726
843492LV00001B/481